一边走，一边爱

费一飞 著

浙江文艺出版社
Zhejiang Literature & Art Publishing House

喜爱短诗

这里是我一部分诗歌短制，摘选成集，作一次短诗、小诗、微型诗、微型散文诗的阶段性小结。这几天为交付出版，再次细细打量，感觉少少许，不输多多许。

中国诗歌源远流长，始终伴随着我们这个古老的民族，照亮和温暖了一代又一代人。短诗尤其沁人心扉，我深切地感受到那些温暖隽永的短章对我精神的哺育和心灵的滋养。我很高兴有这样一块水草丰美的绿地可以让我自由抒写这一生的爱恨情仇、温柔倔强、四季炎凉，用一阕短曲深情、奔放、淋漓地放歌我们虽坎坷但依然值得珍惜的生命和生活。

我喜爱短诗，与我凡事喜欢简洁的性格有关，同时也出于我长期从事繁忙工作的原因。我比较多的时间是在外奔波，一路上总怕丢失一些东西，因此无论走到哪里，在背包里、床头边，永远备有一个本子、一支笔，当有创作念头扑进脑海时，我就可以迅速地付诸笔端。闲暇时，再打开，这些也许稍纵即逝的文字，会给我舒心一笑的感觉。当然也有不尽如人意但不忍释手的涂鸦之作，让我后来费尽思量。这本集子里的许多作品就是这样写成的。人生旅途，得到的就是路上的那些点点滴滴，信手拈来的短诗既是我毕生爱好的坚守与实验，也是即兴收藏沿途风景的一种方式，一种心灵的自我安放。

学习诗歌就是学习真诚、正直和勤奋，我们怀揣着的火热诗心其实是一颗爱心，我们寄托于作品中的理想和追求，实际上是在教我们在行走中重新做人。我因此感到快乐、幸福，并乐此不疲。

因此这本诗集的名字叫《一边走，一边爱》。献给所有热爱远行的人。

2021 年 8 月 19 日

于杭州青山湖畔

目录

第三辑

083 做一朵杏花

第五辑

163　最后的愿望

第一辑

我有一棵树

我有一棵树

在天上，像一座绿色的房子
住着一头闪亮的羊，还有一只玲珑鸟

云上有阳光，风吹来，慢慢把它们养大
羊会弹琴，鸟会唱歌

我坐在树下乘凉，喝清洁的水
写自己喜欢的文字

用一片青翠的叶子
拂去身上的尘埃

下雨时，有神仙路过
我给他们讲未写完的故事

每个情节都是新的。一个故事
就是天堂里一朵刚开的花

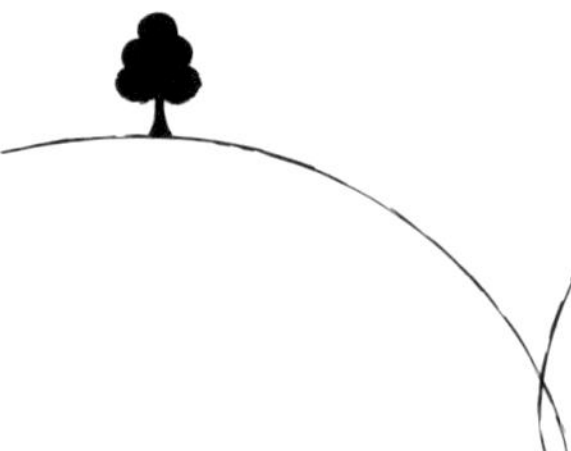

现在，我开始爱我自己

以前，我一直
让自己努力爱这个世界
我很怕，如果没有这份拼命的爱
这个并不富裕的世界
也许会忽略我
对我另眼相看

现在，我开始爱我自己
因为我越来越觉得
爱不动这个沉重的世界
我的爱是有限的
应该爱得容易一点
或者这么说吧
如果我不爱我自己
就无法爱这个世界

拜托

喜鹊啊，你飞来飞去的，多嘴多舌的
千万不要把我的诗歌拿到田野去朗读
我很怕那些年轻的庄稼
因为热情与忧伤
而情不自禁，放声痛哭

幸福

只要看见花开得好
心里就很欣慰
说明它们活得很美满
落脚到了对的地方
没有忧愁，没有牵挂
可以在自己的季节里
尽情地宣扬生命

我小心地从旁边走过
把正在开放的鲜艳
悄悄写成小诗
把花朵的快乐
当作自己的幸福

什么都好看

现在什么都好看，真的
你出门看看就知道
油菜花长在地里好看
鱼游在水里好看
一只猫睡在太阳底下好看
一扇窗挂着碎花帘子，好看
白色的火车向远处驶去
废弃的烟囱留在天空下
连生锈的电线、枯垂的荷叶，安静地呆着
一只鸟从上面飞过，也好看
一个女孩飞快地跑出门外
风吹动了她的头发和裙子
让人想起春天的阳光
想起女同学小时候的样子

飞来峰下饮酒

一帮败笔的散勇
弃诗溃奔，那日
从飞来峰下来，舌燥生烟
恰见，天外天酒家
幡旗飘动

隔壁灵隐寺，有僧扫地，有暮诵嗡嗡
佛顶夕照，世事遥远
理公圆寂，诗客离去，乡酒寡淡
归鸟传来前朝的鸣叫
稀稀落落，散不成篇

一个费姓瘦子，汗最多，酒最多，话最多
自诩当年诸葛，驾舟东吴，以酒当箭
笑罢周公瑾，又击曹兵百万
一夜里，狂飙杯里东风

独坐泰山

这时我坐在山上
陷入沉默的石头
整整一个黄昏，一动不动
似乎给压顶的仪式
又增加一些分量

对面的山峰，头顶的云，盘旋的鹰
一定以为
我是一块新来的石头

还有无数个黄昏
一直这样下去，也许
我真的会变成
一块不错的泰山石

这有多好，从此可尽收大江南北
可以陪时间忘记苍老
奈何有一朵花，在旁边的石缝里
猛地开了，让我转过头
斜了一下眼

弄来一块泰山石

我去泰山，想看松，看云，看月
却在那里，看中一块石头

于是一块泰山石
就这样来到了水乡江南

在潮湿的平地上，泥土里，孤零零的
怎么看都水土不服

而泰山呢，因此多了一个空缺
少了一份大山压顶的分量

从此头脑里乱蒙蒙的
这人整天费劲都在弄些什么

变身

一块好石头，多么慈祥，多么与世无争
做什么不好呢，偏偏
雕成了一头冰冷的狮子
阴着一脸的凶气
蹲在衙门，或者
银行的门口
随时准备跃起的样子

所有路过的人，不由得
摸了摸后脊梁

早春夜雨

窗下，细雨。突然想起
父亲夜里的咳嗽

第一只青虫，匆匆飞来
停在一个句号上

夜深灯阑，意兴钩沉
《红楼梦》又看到第八十卷

不忍读下去，早春
每个字都有寒意

宁国府冷香丸等今年雨水[1]
的雨水[2]，大概是够了

1 全年第二个节气。

2《红楼梦》第七回：将这四样花蕊于次年春分这日晒干，和在末药一处，一齐研好；又要雨水这日的天落水十二钱……

一切都还好

我觉得一切都还好
在剩余的日子里
还有一些东西与我相伴
比如在意母亲的健康
她的手颤，今天会好点吗
孩子天天辛苦，又要考试了
朋友留在北方，也慢慢变老
见面次数只会越来越少
比如焦虑地面对一张白纸
至今也没写出一首好诗
让我备受空白的煎熬
比如昨晚，季节已经过去了
窗前那片叶子，到底
是落了，还是没落呢

没事的，我承受得住
那些牵挂，那些隐约的心思
让我感觉一切都没结束
一切都值得期盼
为此，我将继续活着

树叶的声音

每当听到树叶的声音
我就停下脚步
听它们在笑
听它们在哭
听它们在倾诉

不管是静止还是摇曳
每一片叶子都有思想
都有蓬勃的青春
都会衰老，都有痛苦和欢欣
都会歌唱

绿色的音符飘进我的血液
渗入我的骨髓
敲击我的心脏
让我脆弱的灵魂坚韧
让平淡的日子变得昂扬

在细小的歌声里
我想起了沙漠，冰川，稀树草原

生命正向远处走去
一路飘荡我含泪的感激
这是多么幸福的聆听

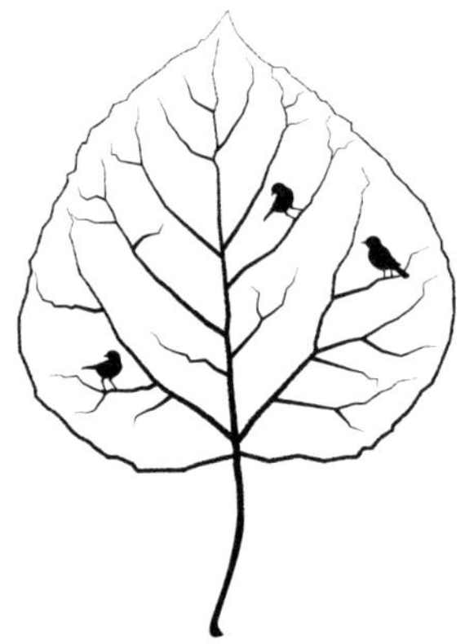

夜深了我可以想想心事

夜深了
我终于可以躲在黑暗里想想心事
比如呼风唤雨，十八般武艺，点石成金
比如文章呼啸，一举成名
一举攻占纽约、台北、东京
完成世界统一大业
就此囊括一生荣耀
但是不能想太久
明天还要
去卖保险

一根草的感觉

花圃的广告轰动全城
人们蜂拥而至
纷纷往前挤
又有新的贵族诞生
史无前例地开放
尽显国色天香

人们惊叹，赞美，啧啧有声
有人速写，拍照
把自己的笑脸也当成一朵花

一根草什么时候长了出来
没人叫得出名字
顾自昂着头，特别精神
比那些高贵的花还要认真
还要当仁不让
好像这么多人掏了门票
是来看它一样

扫花

春天轰轰隆隆，过去了
扫花的时候，突然想
我也会有这样的一天

花开的时候没有作声
它不知道被我们看到
如此热烈的娇艳
现在也很安详

扫花人却在一旁哀伤
其实开有开的样子，落了就该落了
不必惋惜，也不惧怕，无需挽留
谢落是一桩小事件

我继续想，如果
我到了这个时候
也希望花来扫我
一样含笑作别的样子

雪的问题

一直忘不了，在北方
一过了十月
就要拼命地扫雪
这是一场没完没了的战斗
如果不把雪干掉就没法存活
为此我冻死了许多脑细胞
落下现在傻乎乎的样子
我因此对雪深怀敌意

我现在住在杭州，有许多人
每到冬天就来问我
哪里雪大，哪里雪厚，哪里铺天盖地
他们携家带口，争先恐后
叫着嚷着要去北方看雪
好像如果错过了一场大雪
就等于错过自己的人生
我脑子根本转不过来
这是怎么啦，难道被我扫掉的
那些雪，原来竟是宝贝？

向杂草致敬

经常在院子里拔草
挺累的，烦透了
这些不请自来的物种
以游击战术入侵我的花垄
从星星点点，到串连成片
直至喧宾夺主，渐成燎原
那些花木根本不是对手
只会用委屈的目光望着我
这场战斗旷日持久
疲惫中，我慢慢地
领教了野性的执着
那么细小的缝隙里，也没有土壤
居然扎下如此深的根须
即便斩草除根
明天还会破土而出
我真想以此教育一番，这些
不争气的名木娇花
该好好向杂草学习
什么叫生存

惦记林冲

风雪夜，深深惦记冻僵的林冲
冷枪的红穗，被风吹起，飘翻帽檐和披风
低下七尺身躯，低下眉眼，低下枪棒功夫
流放的路那么漫长，步步潜伏追杀
再饮一口冷酒吧，咽下喷血的冤屈与悲愤
独守漏夜残庙，长叹悲剧演绎英雄
其实并无白虎节堂
太尉哪里真想与你比刀
任凭教练八十万浩荡禁军
奈何乱世中的权势与阴谋
燃起一把大火吧，好汉
熊熊草料场，绝境
终将把冰雪烧得通红

想念武松

你用大碗
我也大碗
提住气，干了
然后叭地
地上一摔
拖一根哨棒
我走在头里
到岗上去追一股风
会会那只吊睛白额大虫
再会会西门庆，蒋门神，张督监，高俅那厮
先不要他们性命
径直往景阳冈、快活林、鸳鸯楼
一路与大郎畅饮
其他就不是问题
你尽管连饮十八碗
醉且醉了，明天去找宋公明
叫他哥哥
叫我兄弟

蚂蚁叹

在角落里，它们奔跑，负重，迁徙
永远不知疲倦，不知艰难，不知委屈
那么小的身躯，那么一点点骨血
竟有这么多焦虑
任何一场风雨，都将卷走一切
让它们万劫不复
相对于其他生灵
这是多么疲惫的命运

有一天，我跟着这支队伍
来到了它们熙熙攘攘的家
那是它们用命守护的地方
原来它们也有天堂
我突然懂了，小生命的动力

对神说

我们没见过面
但你是在的，好吧
你可以让我饥渴
让我伤心，让我劳累
让我没完没了地失落
甚至穷困潦倒
但你要让我活着
因为新的生活总会到来
我对此充满信心

心净无尘

沏一杯清茶
看夜袅袅升起
听见幽暗处，踏来
小诗韵脚

一字一字的寻觅
只为心灵
走进三页尺素
流连一片桃园

水中之月

天空终归一无所有
一无所有得那么崇高
崇高是一种孤独和寂静

月亮滑过屋脊，竹林，树枝
以及梦的窗牖，执意亲近
同样孤独的水面

回想狂风吹过的大地
一只盛过水的陶罐的记忆
残缺是所有事物的归宿

我用一双手啜饮
那些一触即散的晃动和幻影
我知道是什么流进了身体

曾经的暴雨时代
只剩下了静静的闪亮
静静的，等待荒弃

春卷

山上有了颜色
山下就听到了岩石间水的响动

白鹭回来，在树顶上，向另一面山望风
风在唤醒一抹松烟，一片竹林，一阕沉梦
池水开始荡漾

回来赶清明的人又少了，空出更多地方
推举隆隆野生
阳光洒在肩上，额前，眼里。奔腾的汗
洒在一杆锄，一只筐
山阶如键，一步步踏过去
踏远了鸟的啼鸣

困倦的人，倚锄打盹，梦见炊烟人家
一个老人刚刚剥开一支新笋

呼应

晴夜，在郊外的院子里
仰看星河
如果用一根针，我想
把这些亮的东西穿起来
可以织一个美丽的天庭
这该多好啊
天庭璀璨，与我的庭院
正好呼应

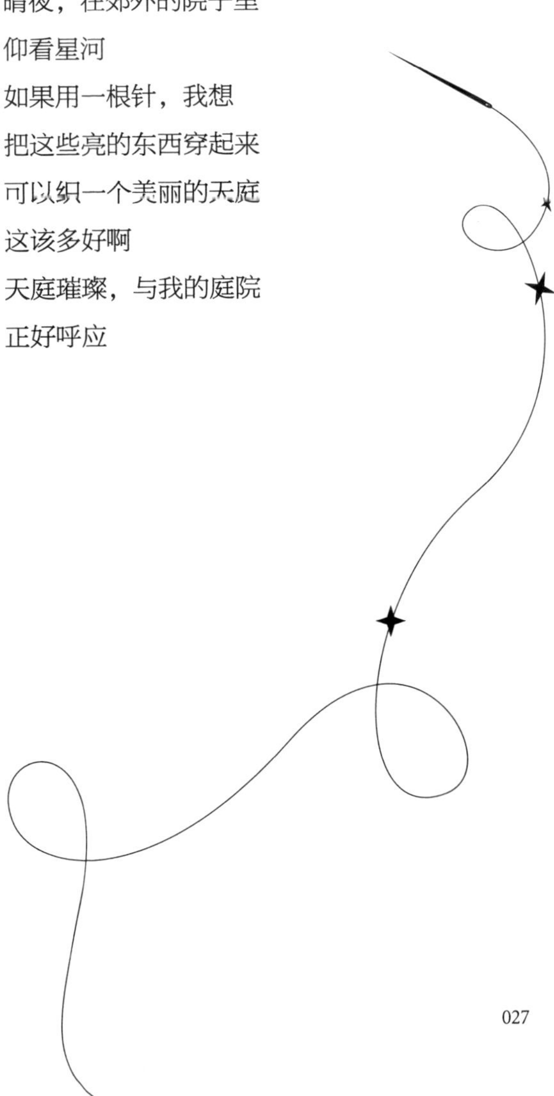

草木歌（六首）

春草

以纤弱的站立
告诉我
蓬勃的力量

夏莲

轻举一顶绿伞
滑落一串露珠
散发暑日的清凉

秋荷

相对而立
闭目，会心
你修禅意，我练瘦身

三叶草

吓我一跳
原来是说
前世，今生，来日！

桃花

又飞绯红
染透情思
谁解千年执着？

梅子

青涩躲在浓荫里
蝴蝶寻不到甜蜜
却偷听了，酸酸的情语

骨节（五首）

梅

独立凋敝的季节
任性的红，凌寒独妍
任白雪铺天盖地

兰

虽为草，却不失悠然之心
拥一缕心的幽香
孤芳，浪迹天涯

竹

向上的腰杆
以常青的向往
一天天，迎风拔节

菊

待到群芳谢去
抖落一肩霜凝
笑放，孤独的冷艳

松

傲立危岩，顶一片天
在寒暑击打中
磨砺，铮铮骨节

春游（六首）

走

走一路春色
越远
越享阳光

踏

踏一脚新泥
烦闷
被青芽驱散

坐

坐一地新绿
情愿
随三月拔节

听

听几声蛙鸣
恍若
有蝌蚪游来

采

采一枝芬芳
心花
随东风绽放

捧

捧一掬清泉
暖意
在心头荡漾

一本诗集是怎么写成的

是夜，我写完一首诗
走出书房，关心一下妻子

妻子盯着一部连续剧
她没有理我的意思

我寻找话题，谈谈那首诗
她还是没有理我

我跟着看了一会电视
剧情正在紧要之处

我试图预言结局，立马
妻子嗔道：不要出声嘛

我实在无话可说，只好
又回到了书房

写到最后

我在找一个词，试图
放在最后一行
前面那些行的平庸
全靠它来填坑了
但它像是一个捣蛋的
幽灵，躲闪在迷茫的夜色中
出来的都是冒牌货
或者替死鬼，被我
一个个枪毙
一个个扔在地上踩碎
我痛恨得口干舌燥
狠狠喝了两口水
站起来转了三圈
还踢了桌子和椅子
可它还在云雾里
誓死不与我相见，让我
后悔这么热爱文字
这么跟自己过不去
后悔好不容易戒掉的
烟，又点了一颗

我要致歉

我写诗，天晓得吧
很像往长江里扔汉字
扔一个，没了
扔一行，又没了

它们都去了太平洋

如果你有一天渡海
看见一群字在漂泊
请把它们带回来
我要致歉

第
二
辑

流淌一条河

朝圣

我乘青藏线，疾驰
拉萨。一路看见许多羊
也在跋涉，那个慢哟
让我心生怜悯

这要用多少坚持
才能抵达遥远的向往

布达拉宫前香烟袅袅
坡下有一群羊
垂头草地，一副
长叩不起的样子

难道它们感动了
伟大的神灵，竟先我一步？

去了一趟庙里

那天下雨
我去了一座老庙
里面没有人
有几尊旧菩萨
我叫不出名字
就默默地站了一会
本来有几句话的
却不好意思说
看他们几个的样子
都挺困难的
不忍心再让他们为难
反而我还有些宽裕
就放了几个小钱
悄悄出来了
愿他们风雨无恙
这时雨已经停了
心里感觉轻松了一些
路上也干净了许多

路过一座寺庙

穿梭在这座城市里
有时路过一座寺庙
觉得门口的树，恭恭敬敬的
像等什么人

有人进出，各有所图
空气里烟雾缭绕，气味混杂
浓荫处，望进去，却是冷僻和幽深
有的门窗，紧闭着，落了灰尘

车很快，几次想停一下
去看看需要静心才能解读的究竟
但转而一想，一个匆忙的过路者
我也不是那个可以深入的人

溪流

一条野溪，山脚下
流了很多年，慢慢
习惯了不起眼

来看山的人
走累的时候
会坐在旁边
摸一下漂过的树叶

人们没记住山
但都忘不了，溪水
离别时
那种清澈的留恋

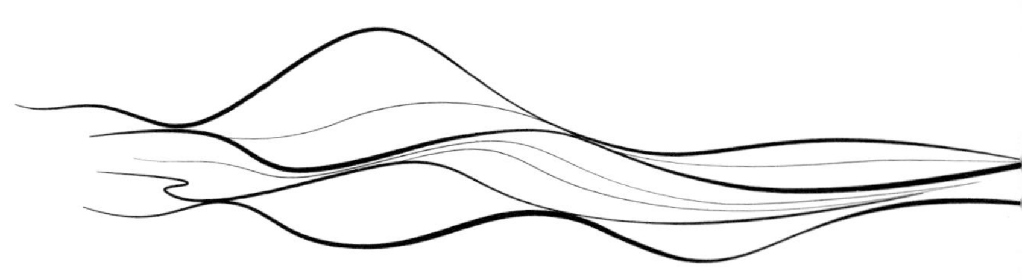

登喜峰口

袒露的起伏，日光陷落在背影里
那些虚幻、遥远、沉默的面容
已被马蹄踏破关隘，乱石飞溅
雪片如席，风声似啸，骨架咯咯作响
败兵潮水般退去
大军纵马入关
那个生还的人，曾回到这里
遥望风硬如鞭的天际线
群山沉没于夕阳
血色黯淡在天边
野长城，被风凝固
默然告别一段昨日的残垣

走进园子

太阳已经明亮，高高地升起
青草、藤蔓、树木和正在开的花
从不认识到毗邻而居
很像一家人，生长得颇有教养
那些黄瓜、茄子、马兰头尽情地伸展
好像阳光是一位老师
看谁先举手发言
天晴有天晴的姿势
下雨有下雨的情调
早晨和夜晚各有各的梳妆
没什么可以阻挡吞没般的幸福
只要走进去
就忘记出来了

秋日登高

高空的蓝，压低了
群山的沸腾，压低
雁鸣和蝉声
风渐劲，穿过萧瑟，告别
开始安静的树林

我向山顶攀登
逆风而上，已过一首诗的半程
人生之秋，面对绝壁
已知道选择从容，不是逃避
是学会了明智与转身

难忘心中的诗歌
我执一支短笛
在剩余的途中吹响。吹散
途中阴霾
和落在身上的雾尘

插一支茱萸在心头吧
祈祷秋色赋予苍生安宁

现在每迈一步
都在向最后的纯净靠近
都在步步登高

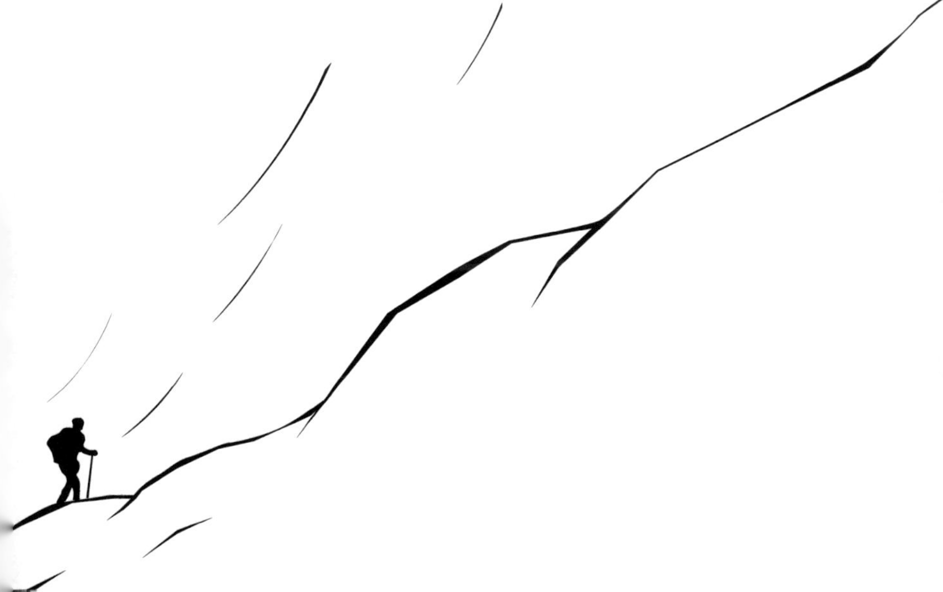

夜宿衢州

栖霞山麓，新竹成林
月影下，水声如琴。醒来

恍若还在衢江争游
又有白云落进发梢

接着读《论语》，接着胃疼
有药店和南孔庙

都没开门。我等着
四周的山渐渐走出无声

他乡一刻

灯下，一只蚊悄然飞过
又经过一些地方，这一刻

我的心，已静到虚无
喜欢单独的旅行

不想收拾手下的一堆乱字
任它们不守规矩

凡是过客，都不必
在意停留多久

流淌一条河

你来看它，它在流淌
你不来，它也在流淌

它不参与你的欢乐、悲伤、兴灭
不知道白天、黑夜、晴天、雨天
它只负责，你一生中，有一条河
一直在流淌
一直有远方

在大峡谷

深邃的峡谷
我站在它沉默的边缘
显得多么渺小

突然一声鸟鸣
穿透苍茫
那么凄厉，那么勇敢

闲走山林

提一袋花生，轻步拾阶，山道上
与一路清风细数风景

与守林人聊动物保护
有竹鼠探头，窥望

草丛里的残碑断字
料定野菊下，有写诗的幽魂

想起祖国，想喊大好河山
多么隆重的汉语

扫苔题字，拔开酒罐
仰天痛饮一腔忧喜

善意

早晨，去河边走走
阳光挺好，老街也挺好
店里的旧东西
陈列着时光的磨蚀

有一家店却要关了
门上落了锁和灰尘
但门口的花草没有离去
她们的鲜艳正在消逝

我找到一只泡面的纸盒
下到河里舀水
一趟一趟抢救青绿
但这点水太少了

一个养狗人在喂她的爱犬
主动把水盆借给了我
一个清洁工正在洗刷街面
她停下来，把水桶先给我用

我一边浇水一边想
有这样善意的人
这些花草，这条狗真幸福
这条街道真幸福

在白洋淀

我去白洋淀
是一个午后
湖真的很大
芦苇荡深不可测
没有什么人
岛上面对面地
有两间阳光下的房子
孙犁和雁翎队
纪念馆的门敞开着
对流一些清风
相对于他们的名声
此刻显得冷清了
我尽量多站一会
陪陪墙上的这些故事
想起他们的遭遇
要挺过那些日子
确实很不容易

高山瀑布

临渊而立，灵魂
一落千丈
粉碎只在瞬间

所有的遭遇、碰撞、怒火
如此轻薄，不堪一击

千军万马的奔腾
最终只是一堆白骨
一团缥缈的水汽

天空这么大，大得
我哑口无言

山下有座静庙
水流开始平缓
佛半垂着眼睑
微微一笑

这世界就这样

我去过那么多城市
见识过那么多灯火
握过那么多朋友的手
动用过那么多真真切切的感动
精彩的发言，率性的姿势，烈性的酒
那么豪情仪义，或者温文儒雅
显得那么有模有样，受人注目
差点被人爱上或者爱上别人
差点柳暗花明又一春
然后山盟海誓地相约再见
一边泪洒衣襟，一边挥手告别

走了也就走了，这世界就这样
人一走，不管远近
不管曾经发生过什么
就好像从来没来过

跟随河流

有人在河边练拳，缓缓而动
我看着河水出神，若有所思
想起过去的一些事，亲切而遥远，浑浊而又清晰
没有悔意，也没有杂念
河水似有拳路，再往前，就要进城了
这是一座陌生的城市，河有点心怯，拖泥带水
练拳人走远了，我还想坐坐
想想遗忘的事，那些半生不熟的城市功夫
不足以抵挡漫天云翳
城里有许多朋友，各式各样的活法
我找谁比较适合
聊聊这个多雨的夜晚呢
眼前这条流浪的河流，跟随自己的缥缈
明天会流经哪里

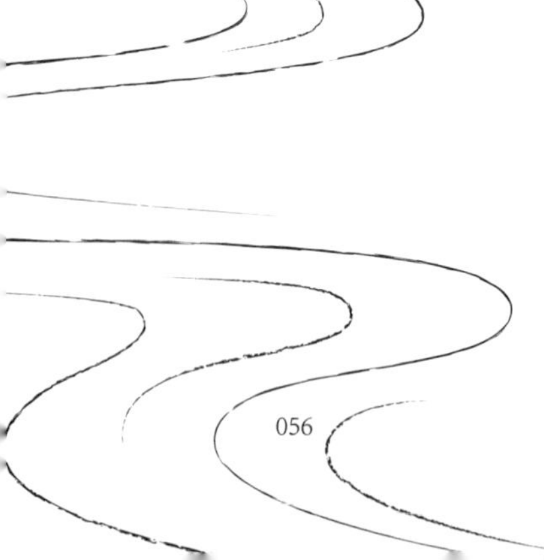

一只华南虎[1]在最后的冬天

最后那个身影
以王的转身，望了一眼
没有退路的山岭

其实它还年轻
还可以从这条涧跳到那条涧
可以咆哮，跃起，咬碎骨骼
可以，一连几天宣泄激情

如果仍有爱情可以表达
它将子孙满堂

一支老枪，或者弩
或者什么古老的机关
沉闷地击发了一下
这是最后一响

华南的冬天倒了下来
一场大雪倒了下来
一片黑色的树林倒了下来

盖住山岭的喧哗

埋住了停顿的，呼吸

1 华南虎，已在野外绝迹。

在一座寺庙里

在古老的寺庙里
我像一粒迷路的微尘
迷惘在幽暗中
既找不到入门
也找不到出口
只好转来转去

只好一声不响

风中致友人

风从四面，送来话语
站在高坡上，可以望见
那些喜欢远行的人
李白，或者徐霞客
都在路上，被狂草的笔遇见
在孤独的山上
沙哑地吟唱
每当我想你
风就会放慢脚步
轻轻穿过陋屋
焚香，静坐，冥想
读一本线装书
听往事穿过很远的路
停在我空空的笔尖
时间像一块橡皮，轻轻擦掉
我身上看不见的东西
你回来了吗，借去的那支笔
要记得还给我
我去还给诗仙

一夜之后

在这里睡去
在这里醒来
梦里忘掉的一切
将在黎明重生

不知道下过了一场雨
天空已换了一个季节
我走进新鲜的日子
像一个新人

下山

往下的路都不太好走
我磕磕绊绊，不顾一切
就下山了

道路逐渐开阔
去年的几垄麦地，零乱的树
荒弃的旧房子，远近高低
散落在我走过的路边
一路上，无人与我相遇
我独自站了一会儿
看一只鸟噗地飞起，快速地
消失在云雾里

我捡起一块土疙瘩
用力朝空中扔去
它飞快地融入苍茫
落进了无声的迷蒙之中

我继续朝山下的灯光走去
一边走一边觉得

好像走丢了什么

但又怎么也想不起来

音响

一个音乐家
在纽约街头，傍晚
收起他的小提琴
收起雨伞
收起生锈的铁罐
放在耳边
摇了摇，听见
几粒冷冷的音符，发出
贫穷的声响

走出荒弃

冷风刮走一切，太阳荒弃在天空里
我荒弃在雪地上
捂紧疼痛，拍脸，搓手
我和太阳还活着，都有一口热气
起身向　棵树走去
我始终相信，春天
会在那里集合

想象一座山峰

今天，我们在一片海的边缘，一段旅程的路边
不谈诗，不歌吟，也不说江南
海边延伸的岩石
像一种流动，深入海底，默守着
仍在向前的姿态和感觉
在风与浪的涌动下
预示一种新的蓬勃升起
许多我们视线之外的东西
在冥想中，无法看见，不能触摸
也许是上升，漂移，或者变幻
而在不远的山峰上，仍然
留着曾经沉没过的经历
因为它在高处，所以眼睛里
含着一座山峰的眺望
我们伸手指向更高的天空
然后把盼望的远方倒入一杯酒中
想象一个巨大的答案
在我们海阔天空的旅行后归来

长城下雨了

车过八达岭时
一场大雨扑来
汩汩流下旧砖和残石
山野沉默，宽大
雨水压住了所有远逝的声音
我紧贴车窗玻璃
像看见以泪洗面的母亲
顿时也泪流满面

旅行散记（九首）

兰亭

三月三，会稽蓝
一笔流觞曲水事
醉倒多少看字人

韶山

站，是山
倒，亦山
太阳永不落

大佛

江水流过飞云流过遥远的朝代流过
一尊无声的大佛
在时间的注视下，停留

笑佛

对所有抱脚者
来者不拒，但
笑而不语

千岛湖

不肯沉没的
是一张张留恋的脸
仰望着蓝天

黄果树瀑布

排山倒海的粉碎
一泻而下
溅起雄浑的惊叹

华山

万仞绝壁
挡不住人间香火
处处是脚印

太和殿

人流涌动，无需下跪
但仍要仰头
才能看见那张高椅

走进卢浮宫中国馆

再远也有故乡
几片离群的青花瓷
会用外语诉说乡愁了吗

街景（九首）

清洁工

天将晓
整整一条长街
都是她的

几只鸟

傍晚，回到这棵树
叽叽喳喳
争说，小城新故事

流浪猫

自由诚可贵
风景亦可餐，只可惜
代价是温饱

路灯下

楚河汉界
两旁杀声四起
还好，动口不动手

红绿灯

像瞪大的眼睛
警告你
随时看它的眼色

上班族

匆忙的脚步
是另一种
人生的赶集

小贩

照看一方摊位
小小买卖
照看他的日子

街心公园

一片绿叶
别在
城市的胸前

算命

街角僻静处
几个明眼人
战战兢兢听瞎话

杭州杂吟（十二首）

知味馆

还是那对老联：
知味停车，闻香下马
那么多年了
招牌依然诱人
于是人头攒动
小笼包的鲜香
已不重要
重要的，是这一生
没有错过
老店的滋味

片儿川

一挂热面
那么亲切
几片鲜肉
少许嫩笋
一撮雪里蕻
就够了
一个个稀里哗啦
哈出
一头热汗

小馄饨

看那双纤细的手
动与不动之间
一群小蝴蝶就飞进了锅
一粒细肉不是主角

只让舌尖鲜了一下
关键是那层薄皮
给你滑爽与半透明的诱惑
再加那口汤
紫菜、虾皮、蛋丝、猪油、葱花
才最经久难忘

西湖纯菜

也就这泓碧湖
生出如此鲜香
须到初夏时分
茎叶开始诱人
不惜陪入鸡汤
那个轻盈滑润
哪肯轻易入勺
极尽婀娜忸怩
难怪莼鲈之思
张翰辞官回家

曾经的烟火

听听那些地名
并不宽敞的街头巷尾
潮鸣寺巷，戒坛寺巷，长明寺巷
姚园寺巷，香积寺巷，大王庙巷
以及太庙巷、祖庙巷、白马庙巷
就知道，过去的朝代
人们行走在
怎样缭绕的
烟火里

桥西直街[1]

我住这里已久，
仿佛还在清末；
三三两两茶馆，
比邻几间书屋；
河水缓缓流过，

青藤攀上木楼；
默望船灯远去，
过客流连驻足；
旧事穿过时间，
时间淹没桥洞。

清河坊[2]

高宗曾在这
清雅的名字上卧寝
却以后来的熙攘
证明钱塘自古繁华
一条青石板路
至今摩肩接踵
印记着多少风尘
多少百姓生计
多少欢与泪的
气息

数风景

小伢儿从学数开始
就会唱
一线天、二凉亭、三郎庙、四眼井、伍公山、六和塔、七星亭、八卦田、九里松、石屋洞
古城遍地风景
七拐八拐的
路上时晴时雨
外乡人，来一趟不容易
都去过了吗

御街

从鼓楼
到太庙
穿过中山路
一千五百米
就把南宋走完了

御街是一根鱼脊
挑着那么多杂俗
在市井里
沉浮千年
至今还在游动

涌金门故事

话说那日暗夜
张顺兄弟心切
掖一柄蓼叶尖刀
大饱酒食之后
潜泅涌金水门
诳作一条大鱼
却不知诈中有诈
被乱箭射入水中
挨到天明时分
宋先锋不见火起
仰叹浪里白条
在此命归浪里

鲁班兄妹在杭州的遭遇

鲁班带妹子来杭打工
被西湖里黑鱼精看中
非要强娶小妹为妻
木匠无奈当了回石工
凿宝石山巨石
赠与嫁妆香炉
从此把鱼精压在了湖底
那三只炉脚还在呢
就是现在夜光下
湖上的三潭印月

受降镇[3]

所有中国人
无论路过
还是专程
都要来看看
七十多年前
那帮穷凶极恶的
侵略者
是如何在这里
缴枪的

1 拱宸桥，全国重点文物保护单位，位于杭州城北，始建于明崇祯四年（1631 年），京杭大运河杭州终点的标志。桥西直街为桥畔历史文化街区。

2 清河坊，坐落于杭州市上城区河坊街，是宋高宗寝宫德寿宫遗址所在地，自古商铺、酒楼、茶肆林立，商贾云集，百年老店鳞次栉比，历经元、明、清、民国，至今仍是杭城商业繁华之地。

3 杭州市富阳区受降镇，1945 年 9 月 4 日侵犯浙江地区的日军在此缴械投降，也是被害同胞“千人坑”遗址所在地。

第三辑

做一朵杏花

做一朵杏花

做一朵杏花
有什么不好的
开放在春天
滋润在细雨里
阳光多好
雨水多好
青春多好
还可以探出墙头
看外面走过的人
谁来爱我

花事

梅花，我看见了
桃花，我看见了
荷花，我看见了
桂花，我看见了
牡丹、月季、海棠、栀子花……
每当缤纷降临
我都看见了
我是一个爱赶花事的人
不肯错过每一场美丽

唯独心上的那朵没开
一等再等
这一年又过去了

青果

它刚刚
出世不久。

除了勇敢地露出小小的脸，
它根本不知道，
世界是什么样，
自己是什么样，
将来是什么样。

还需要一些热风，一些冷雨，
一些磕磕绊绊的遭遇，
磨砺它的外表和内核，
慢慢酿造心中的甜。

这时它是酸涩的，脆弱的，冲动的，
不适合去爱，
或者，被爱。

早晨去看蝉

去树林里看蝉出生
它们用十年，我用一个早晨
如果错过了一场夜雨
也许又要十年

雨露和晨曦是那么短暂
其余的漫长
都是黑暗中的隐忍
隐忍中的九死一生

只为在阳光和绿荫里
唱响一支情歌，献给爱人
别人可以陶醉一辈子的幸福
它们只有这个早晨

破镜

这么真实，这么
一览无余地
告诉来问它的人
笑容多美丽，爱情多美丽，圆满多美丽

却被一次不经意的失手
打碎了
从此镜里镜外
都是伤痕

遥不可知

水鸟的叫声铺满水面
而灯光细长，从一只
停在湖中央的船上出发
落在遥不可知之处

现实与想象，都被告知
没有通往那儿的路。只有抓不住
或放弃的东西。如眼前的飞蛾
是那么像从前的我，围着灯光飞舞

一阵风从遥不可知之处，吹至
湖岸。一闪而过的光影中
我们无法将青草的颜色填满
黑夜。但可以用耳语

描绘那里，曾有一片叶子
一朵花，一小部分正在消失的
饥饿感，正重新回到你手里
冰凉如鸟爪，抓住了晃动的船舷

遇到是一件困难的事

调整光线，就是关闭一些
陌生的感觉，才能看见
对面脸孔的柔和
那些忽略刺眼的纠结和迟疑
之后，留一盏灯的安静

我们没地方可去
可去的地方早已人满为患
无法插足

无法像风一样奔跑，火一样跳跃
想到什么就呼喊什么
锁链如此沉重
只剩耳语随风飘散，那么轻渺，恍若隔世
无法一死了之

毕竟走过那么远的路
毕竟遇到是一件困难的事
毕竟还有一盏灯的相约

因此热泪盈眶

愿意再调暗一些头顶的光线

悄悄藏好

亲吻过的影子

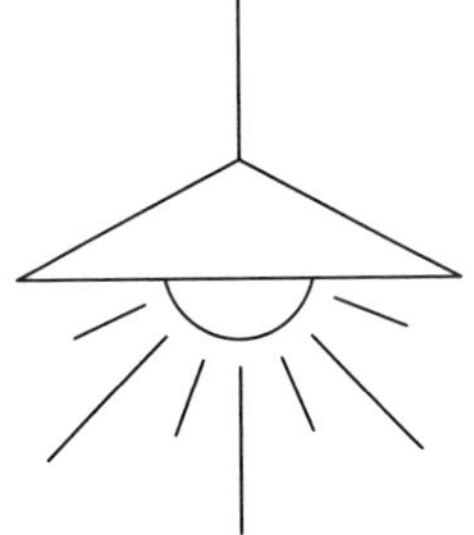

河水

蜿蜒的河水
月上时，便朦胧一些
幻觉带走一些，蛙声
隐去一些

垂柳捞起一些
荡在风里，藏在不觉处
给河边谈爱的人
预备下泪水

岸边的人影
在相忘中又被流淌抹去了一些
而新的人
又来加入新的流逝

岁月在缓慢中流过
顽强而又温和
一波一波地到来，一层一层地消失
从未停留，也不回头

初痕

曾经困在一张课桌上
深深的铅笔刀痕
刻下一个少年的烦恼
怎么弄的，天哪
女同学都不好看
将来可以想念谁呢
真让我为以后的日子担忧
老师没有看见
我又划了一道
然后用手盖住
一直瞒到今天

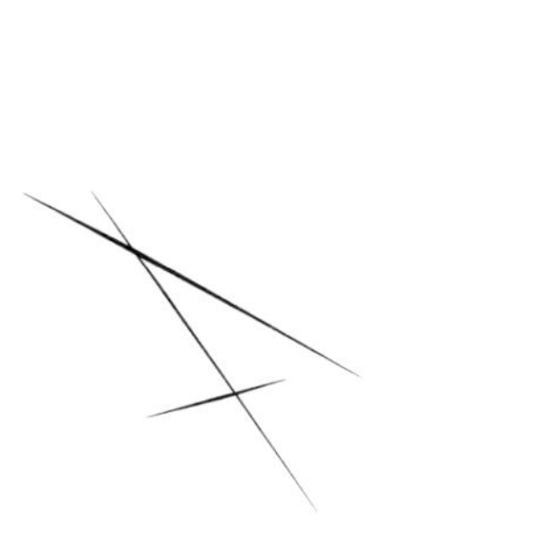

旧信

我们那时恋爱
靠的是一张信纸
一行行南北两地书
写满勇敢的真诚

信是最忠诚的使者
越过千山万水
并不准时，到打开时
心就狂跳

信的唯一好处
是能说不敢说的话

后来见面了
还是不敢说
但都把话记住了
因此过了一辈子

旧本子

我吓了一跳
那些字，过了那么久
还望着我

日光灯嗞嗞地响
陈旧的声音也是一种安静
最适合想念一个人
火车沉重地驶过
拖走我的行李箱
脚步越来越远
身影渐渐模糊

那时候相爱
是一件神秘的事
写了一遍又一遍名字
却始终没有找到开头
等到被一路风尘磨粗糙了
才学会两个早该写下的字
叫深情

错，错，错

开始，以为深爱一个人
就会幸福
结果错了

后来，以为忘掉一个人
就会平静
结果也错了

最后，以为独自一个人
就会解脱
结果又错了

人这一辈子
除了错，一错再错
还有什么呢

天涯

我一直没有到达，你那里
有时快到了，却交臂于
时光错位的身影

有时路过，认出彼此
在期待已久的眼神里
一起听风，看雨，吃瓜

互赠一闪而过的惊喜
互赠一条马路斑斓的夜景
互赠十指相扣

但我没有停留，你也没有
不知怎么了，有的回忆
没有想象中的甜

五月

我在五月的树下，读一个人
新写的诗，却在想念
那个远去的日子
我常常这样神走偏锋
就像此刻的阳光
在枝叶的错乱中奔走
多数时候，白天行走大地
晚上胡思乱想
头脑里塞满了各种冲动
与不甘。跟自己折腾
一厢情愿的情愫
那些模糊不清的生长
别别扭扭地顺其自然
到来与消失，清醒与迷惘
都在分别中错位
低头一看，今天的我
又有一颗扣子没对齐

天地之吻

一起坐在河边，看河水
流向天空
远处窗口漏出的灯光
像暧昧的眼睛

无边无际的旷野
因停滞而安静
月亮正俯吻大地
那么全心全意

朦胧天地在忘情中交融
世界迷失在静谧之中
我们没有往事也没有未来
只有今天的相爱

简单

有些事情，如果
没有发生
就成功了

比如一颗手雷
不出手
就不会爆炸

一番好意
没有误解
就不会猜忌

爱一个人
不说出来，就不会
彼此受伤

于是，世界太平

星星

每眨一次眼
我就知道
有一个人降生了
有一颗籽发芽了
有一桩缘圆满了

有一个女孩
也许认识我
在笑了

梦见（一）

登到高山顶
你是天上的一粒星
我在等你降落
等你成为我一生的危岩
风很大，等了一万年
面对将要坠落的深渊
我一夜都在出汗

梦见（二）

又迷路了，这时
有人递给我一封信
恍然记起
是我年轻时没寄出的情书
怎会遗落在陌生人的手里
我越走越远
那些没有说出的话
却原封未动

我们坐在山顶

我们坐在山顶上，望远
离云崖很近，离翻滚的爱意很近

许多看不清的东西在山下奔跑
疾步匆匆，在相忘中远去

穿过时间的是我们的记忆
在另一座山顶坐下，还在一起

坐着，回忆一路携带的苦痛
天空接纳所有的迷惘，留下此刻的安静

谁能真正放下苦涩的爱呢
或者怎样穿过茫茫云海的疼痛

把一束新的阳光摘在手里
缤纷出千万朵鲜花铺满下山的路

其实并没有一座山可以完全超越
我们只是坐着，肩并肩，忘记了不该忘记

遇到

在一座花园的门口
我对一个女子说：请进
无论对与错，早与晚
在奉献爱意的地方
只要遇到
都是一场美丽

白雪

天空的眼睛里垂挂着一颗松果
在风中摇曳，晃动

下雪是一桩小事件，坠落也是
你不忍心离开，等待这一刻

落在今天这个白色的夜晚
你的眼睛里是我洁白的希冀

白雪慢慢覆盖了寂静
我喜欢把一颗果实想象成一座森林

还好

有些东西，已经不见了
比如前额那绺黑发
那对一笑时很白的牙
目光里的清澈，以及
动不动就会蹿动的火气

以及想起那个身影
心里涌动的别样暖意

好在我还有双手
还可以生火做饭
洗洗自己
或者回想往事时
双手合十

自问

一夜自误
忽远忽近的幻影
心似空瓶

回看斜阳，旧亭，荒径
残梦断续昏沉
似醒未醒

千年执着里
谁是谁的红颜
谁是谁的知己

不倦自问
无声中
听见了舍弃

西湖寻踪

侧立梦幻深处
恍若佳人的凄容
徘徊留恋处
桃红柳绿里的寻觅
踏乱了
美艳背后的悲凉

一泓停留千年的静水
让我靠近，聆听
曾经的誓言，曾经的痴情
一抹浮现胭脂的波光
还在久久吟唱

桨声灯影
难掩千古悲欢离合
一片片浓荫下的缠绵悱恻
拂过面颊
穿透我易感的心

梦境

一望无际的美丽草原
开满缤纷野花
她在阳光下唱歌，欢笑
朝我奔来

洋溢青春的绿茵
飘浮洁白羊绒的蓝天
伊甸园彩蝶飞舞
花树满园

多么美丽的梦境啊
我含着笑意
在酣眠中流连

夜无眠

一粒孤灯下
是什么飘摇
让思念朦胧
望你的侧影，那么迢遥

风凉，月静
心念如春草
蔓延一片白地
勾勒出，前世因缘

为你种下的一方伊甸
荒芜了
今夜又无眠
人在客乡，心散漫

失去

想去山那边，河那端
远离曾经的日子
尝试忘记
那个开始，那段路途的弯曲

在遥远的地方
放逐一次独行的心情
没有相约和埋怨
不牵挂一个人

还要努力相信
一切都可以重来
现在开始，放松自己
无需约束的自由

只是，总不能躲避
失去之后
这掉落一地的
破碎支离

爱情絮语 （九首）

我愿

我愿意是一棵树
飞来筑巢吧
替你遮挡一生风雨

一生

爱从眼角，到达鬓角
仅仅些微距离
却要跋涉千山万水

心的鼓点

每当你的足音响起
我都会用心的鼓点
为你伴奏，一起走向遥远

牵手前行

牵起你的手
用滚烫的心
熨平前行的坎坷

回忆

后来我去了遥远的北方
靠一张旧照片
取暖

等待

你带着我的诗，走远了
而我还站在风里
苦苦等待你的回音

无眠

如果你听到了梦中的风铃
那是我对你的呼唤
穿过了无眠之夜

心雨

湿漉漉的想念
总让干燥的日子
心雨绵绵

爱是一种痛

我在心里种下一棵爱的青苗
等你有一天
用刀来收割

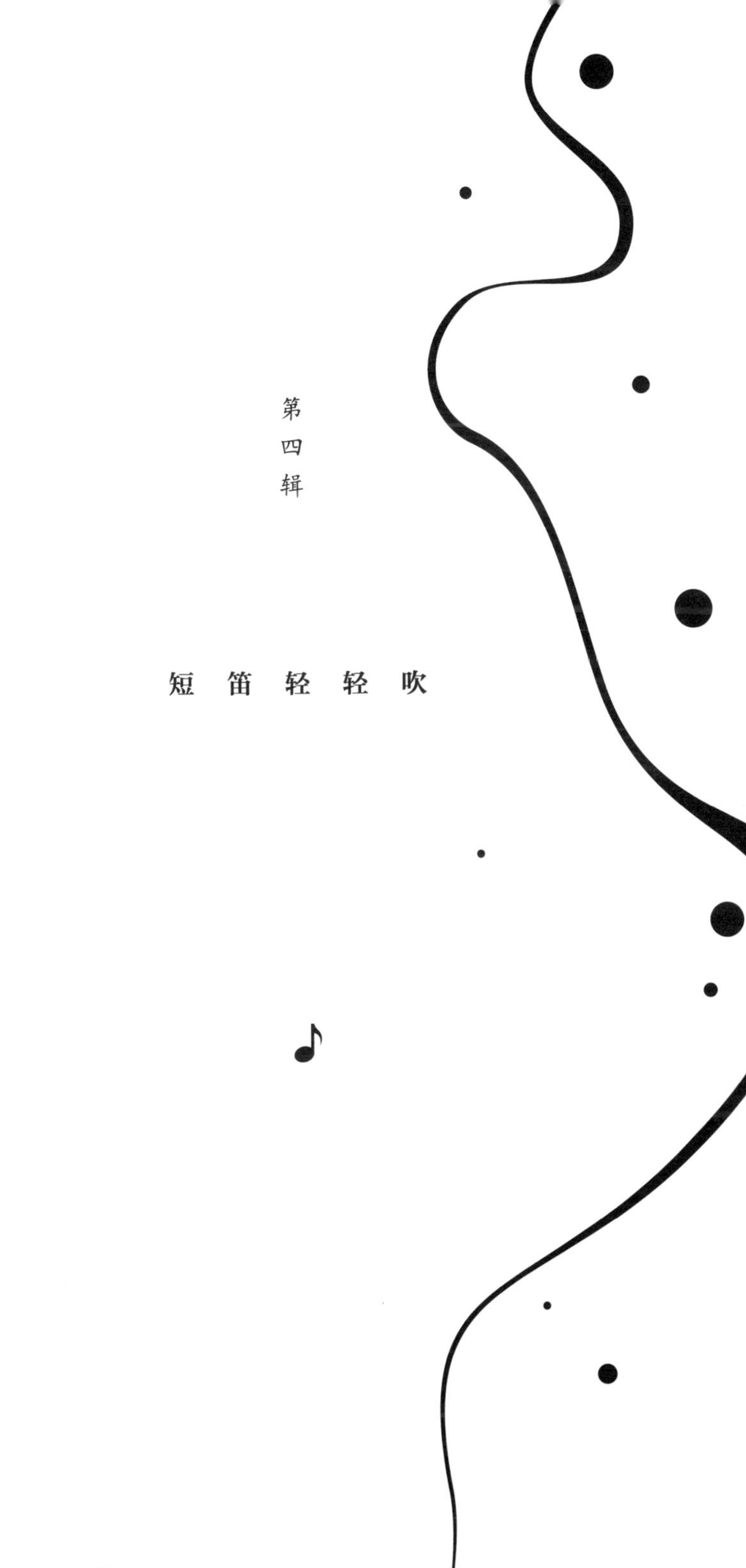

第四辑

短笛轻轻吹

思念

杭州城边上，有两座山
一座叫南高峰
一座叫北高峰

山峰下面，有两条河
一条叫钱塘江
一条叫大运河

它们有连绵的山脉
它们有通往大海的洪流
那些年，它们全归我所有

但还是太小了
每当我在北方眺望
都装不下我的思念

望远

我住的这个省
也有高的山
有一天我去登顶
就为看一眼
远方的家园

有一只山蚁
颇有礼仪地
站在我旁边
像是这座山的主人
恭陪一位来客

面对广袤原野
极目远眺
我望多远
它也望多远

孤山[1]

山不高，路纤细而弯曲
树叶在头顶一动一动
弄碎一些光影

春天有花香
夏日有蝉鸣
冬天的残雪在石缝里久久不化

早就有人来过，留下一些故事
刻在陈旧的碑上
陪伴沉默的苔藓

我没什么出处
不会植梅放鹤
也不会金石篆刻

只是喜欢坐在下午的时光里
看看那些脚印
品味这座山的名

1 西湖最大岛屿，面积20公顷，山高38米，有放鹤亭、西泠印社等胜景30处，文物胜迹荟萃。

走出墙门

墙门就是杂院
我很久没来了
现在已经陈旧
树长过了房顶
阴影有点苍老
太阳还爬在墙的老地方
云飘过，十分地安静
住在这里的亲人也许在睡觉
任由我打量层层叠叠的脚印
我认出了自己
在这里出生，长大
幻想远方未知的世界
那天，就在这样的日光下
我背起一只新买的挎包
一个人走了出去
从此再也没有回来

短笛轻轻吹

撷一片新叶做笛
衔在嘴边，相恋
故乡上空的一片霞云

溪边浣衣的伊人
站起身来，翘望
已经走远的那个身影

哪个忘归的牧童
还在守望中，轻轻吹响
回荡在梦中的乡音

夜归人

有月亮，有影影江火
但没有迎客的钟声
一条迟到的船
静静地靠岸了
地方小，没几个人下船
咚咚地踩响踏板
惊醒一条流浪的狗
街上有了一些动静

月色是熟悉的
潮湿的空气是熟悉的
吠声是熟悉的
离开时间太长了
在这条土狗的眼里
下船的，只是一个外乡人

一切都沉浸在睡梦里
没人知道你在夜里归来
只有一条偶遇的狗
嗅出了你带回来的怯懦和忐忑

山居（一）

一棵树
生长在许多树中间
你看不见它
看见的是一片山林
映照着心中的村庄

一只鸟
啁啾在许多歌声里
你听不到它
听到的是一片合唱
唤醒了又一个早晨

一个人
从城市逃出来
在树和鸟面前
是多么疲惫，孤单
多么的不快乐
却装作充满智慧
自作虚伪的风度
岂知，一眼望去

不及一片薄的树叶
不如一根轻的羽毛

山居（二）

回到麦场上
看繁星落满眼帘
萤火虫飞过树丛
河水星火点点
麦子从机器里出来
精神因赤裸而饱满

我想起，那时候
我也一样地金黄
那些飞逝而去的快乐
因为简单而灿烂

怀念中，多么向往山村
雨点落入山谷
溪水流进麦地
一只鸟停在树梢上
大声地叫我的名字

上船

总有这么一天
一个人踏上一条船
走进没有回程的告别
河水汤汤流淌
时光匆匆前行
许多来不及知晓的情由
在岸上遗憾地看我们离开

这时会想起一些人
一些难忘的事
曾经那样亲近
那样不能缺少
现在不知在哪条船上
最后会去哪里
但会互相想念
一直到不能想念

牵挂

早晨醒来，又下雨了
我想起北方的一个地方
很少下雨，很需要下雨
我同营房的一个兄弟
曾和我一样渴望战斗
但没遇见敌人，只好
脱下军装，回去种田了
上月来信说，雨水不好
想打一口井，喂他的玉米
我坐起身来，望着窗外
惶恐于时光悄然流逝
我们已经多年没见面了
只能在心里牵挂这场雨
再大一点，一直下到千里之外
下到那片焦急目光下
结结巴巴的田里

寒意

对面有一排旧的空房
寒冷的破晓时刻
黎明从几只乌鸦开始
也许它们是一伙神汉
喜欢用黑色装点破败的房顶
跳神秘的黑衣舞
发出嘎嘎的叫声
像尖刀刮过冰面
穿透冰冷的空气
一阵阵钻进我单薄的衣领
看天色越来越阴沉
我怀疑这些鸟在呼唤一场大雪
准备独占冬天

聚会

一群分别多年的人相见了
握手，上菜，开酒
一些人兴致勃勃，酒大声高
另有耳鬓厮磨，轻言密语
时间是个隐形化妆师
有人今非昔比，判若两人
有人容颜不改，笑貌依旧
还有人已经遗失在了岁月之中
我坐着，心神恍惚，未置一词
一直在想一个该来没来的人
一阵阵地，为总会到来的
缺席，怅然若失

记得的话

——悼同窗 C

我走时你来送我
说很多开心又难舍的话
到官巷口一家夜店吃馄饨
吃完了也不想走
继续说话，一点也不瞌睡
然后我送你回家
到了你家，你又说送我
就这样走了半夜

后来下雨了
我们终于分手
我记得你最后一句话
是说，我等你回来

现在我回来了
你却走了，已有多年
我一个人来到街上
茫茫地转了半天
没找到那家馄饨店

突然醒来

我在睡梦里踯躅
在清晰的模糊中摸索
一切都似曾相识
又依稀淡忘
惶恐过去的一些事
还有多少不曾了结
还有多少假如可以重来
突然醒了，恍惚中
到处寻找母亲
不知她在哪个房间

想念母亲

月亮总在这个时候
浮出河面
看见我在看它
露出温暖的笑容

我在河边坐着
仰望辽阔的夜空
天底下，其实
都离母亲不远

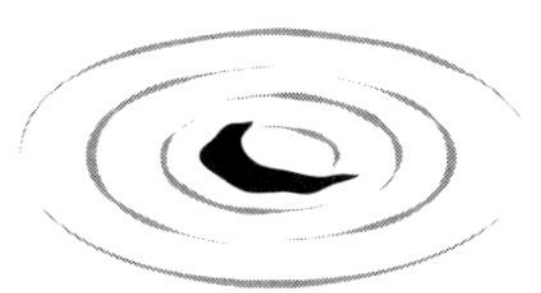

给母亲

母亲，把门打开吧
窗也打开
你是爱阳光的

我领着一群不着家的星星
奔走在另一端夜空
我一路都在想你

昨晚下过雨了
你听见窗外的风声了吗
他们到来是为了离去

而我是下一缕阳光
或在明天，涌进你的门，你的窗
回到你的身边

陪母亲看病

陪母亲去医院
她曾在这里工作几十年
显得有些紧张
一个骄傲的从医者
此刻也要排队就医

我扶着母亲，从这里到那里
都是陌生的程序
没有遇到一个熟人
就更不习惯了
她不信任不认识的人

她开始怀念过去的同事
个个身怀悬壶绝技
那种回不去的留恋无可替代
而现在，哼，她说
都是看不懂的机器

我无言以对，只能
忍着她的不满和怀疑

坚持让她把病看完
却拿着打印的诊断和药方
不知道怎样让她相信

送父亲回乡

向晚，冷雨。我开车
送父亲回他的湖州
过德清时，他说
田都荒了

奶奶在睡眠里等待
几垄秃桑，几处虚妄灯光
一闪而过。我打开雨刮器
但想念还是淋透了忧伤

老钟

时间总是不等人
但我家的老钟
却心怀善意
它常常停下脚步
等我们跟上来

父亲走了之后
再没人去拨过它
这次，它永远停在了
那个日子

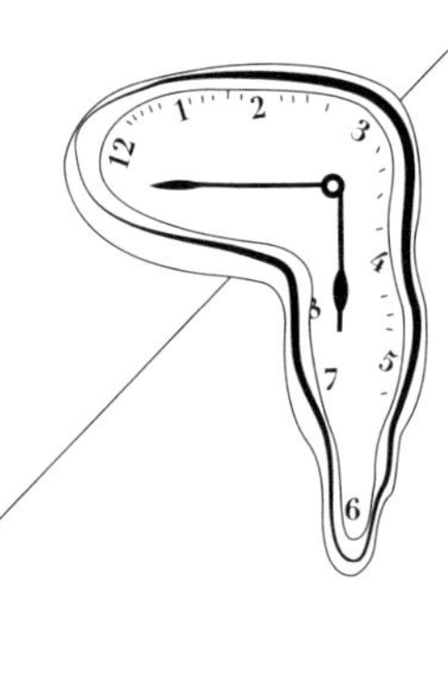

祭父亲

我流了很多泪，父亲
天凉了，我又在想你
慢慢说了许多话
原来说不出口的
不知道你听见了没有

还烧了一大堆纸
不放心在你那里
到底值不值钱
就多烧了一会儿
一亿一亿地烧

说给父亲

又到清明，我来看你
有好几个月没来了
对不起，父亲，总有一天
我不能再来你的跟前
这会让你失望吗
所以我今年没有拔草
总得有什么来陪伴你，不是吗
青草是安静的，清洁的，不离不弃的
它们会一直在你身边生长
风吹来时，那些绿色的目光
还会朝离去不远的老屋
替你回眸一望

心中的母亲（四首）

操心

门响了一下
很轻。我知道
母亲回来了

她慢慢走过来
轻轻地问我
你吃过饭了吗

我抬起头
看到了她的白发
顿时泪流心里

安静

母亲说要早睡
她把灯关了
留下我一个人

我开始写作
偶尔喝一口水
外面没有一点声音

母亲能给我的
只剩下了
她的安静

看见

我去看母亲的时候
她远远朝我笑了一下

马上说医院里都挺好的
比如，比如，比如

她让我喝水，吃水果
叫我坐在她擦过的凳子上

她的手抖得厉害
却躲避着，不让我看见

后悔

端午节前，母亲对我说
想从医院回家住一晚

我闪烁其词，不忍心
说有一场推不掉的酒会

我估计她已经相信
那天我会去接她

结果真的没逃掉应酬
我给母亲打了一个痛苦的电话

母亲说了许多安慰我的话
我却因为后悔，那晚大醉

喜欢这样

起身奔向北方
像一支射远的箭
一头扎进冰雪
几乎淹没一生
从此脱胎换骨
在陌生的天地里
试验九死一生
我愿意如此，去则重新做人

现在阳光正好
夏日照耀余年
我回到南方的树荫下
眺望南来北往的人流
世界依然仓促
许多人步履匆匆
而我再无牵挂
我喜欢这样，回来
独守一份平静

旧檐

门虚掩着，檐下有风
隐约的清凉穿过七月
加深了一个少年的困顿
横斜的赤裸身子
像夏日里的一条蚕
陷落蜘蛛网。日落时
婶婶去采桑叶
一白一绿
手臂真好看

老台门

故人离去，鸟与树影也辞别了
没有脚印的光泽，石头
就接受了苍苔的沉默

临街的猫理解时间的空廓
每年来叫几个通宵，更多时候
与路过的日光，席地而卧

偶尔有人走过，站在冷清里
猜想那些陈旧的门窗下
喧闹过怎样的人声

用一只老相机，对一堆
遗留的柴木，几处蜘蛛网后面的字迹
照几张照片，就走了

惶恐

我这个姓纯属少数
这意味着有多不容易
据说当年我爷爷门前
有一条流淌千年的河
直通泽被几省的大湖
先祖搁浅在几株桑树下
用耕读的汗水开枝散叶
这颗因少数而微弱的火苗
不知穿过了多少灾荒、瘟病、战乱
经历漫长风雨，茫茫黑夜
传到了今天我的手上
竟然没有熄灭
我不知道我的先人是谁
但他们就在我的口音、习性、怪癖
之中。他们正在遥远的地方
看着这一点点
奇迹般的血脉
在我手里，继续飘摇

清明节（六首）

——写在父亲墓前

一

细雨潇潇
是我的泪
洒在一方草地上

二

你在石碑上
默默看着我，点燃
思念的青烟

三

想起孩提的笑声
飘荡在雨里，格外想念
那座温暖的肩膀

四

知道你已戒烟
还要给你点上
用这点错，让你笑一下

五

安息吧
我在碑前想你
你来梦中看我

六

你睡吧，我走了
我会等你
再当一次我的父亲

思乡曲（八首）

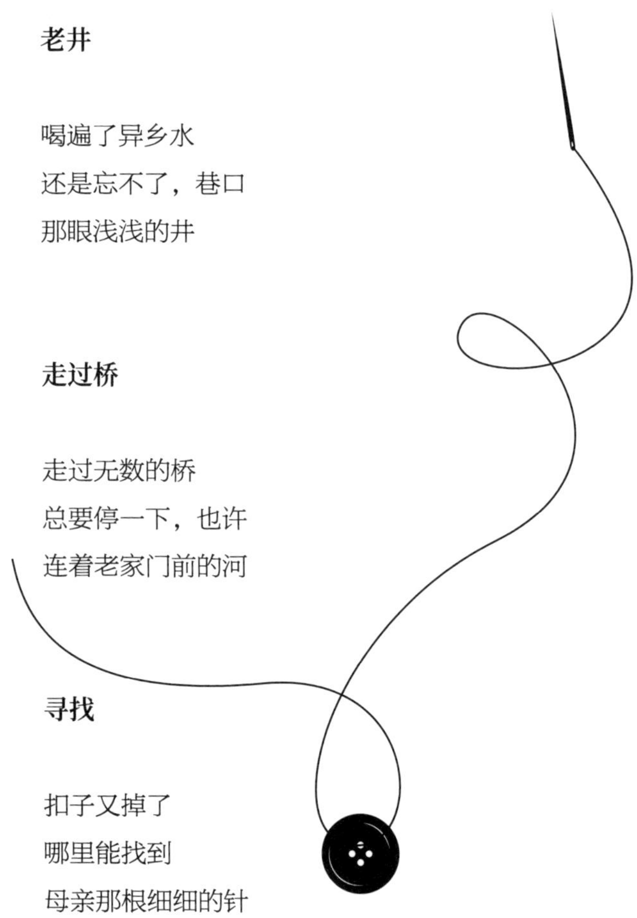

老井

喝遍了异乡水
还是忘不了，巷口
那眼浅浅的井

走过桥

走过无数的桥
总要停一下，也许
连着老家门前的河

寻找

扣子又掉了
哪里能找到
母亲那根细细的针

恍若

春天，看到那只燕子
秋天，听见那枚蟋蟀
故乡，恍若就在眼前

南方

还是南方，那个巷口
油纸伞下，那串莲步
溅起多少飞红

梦乡

缥缈还乡路
萦绕在
越走越远的梦中

思乡

又到中秋夜，举望明月
一行思乡泪
比唐朝，更长

望乡

早晨，观日
中午，看云
晚上，望乡

心愿（六首）

重阳节

登高，望远，插茱萸
举几行新诗
为天下白发人，祈寿

旧收音机

声音，陷落在
自己的缄默中，往事
就这样变老了

送别

母亲送我北上
月光洒在铁轨，目光落在后背
一路清凉，清亮

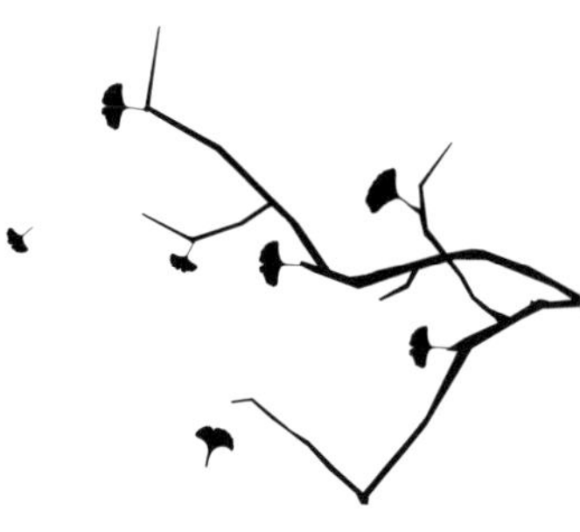

秋语

落在窗前的秋叶
一页，一页
写满季节的留恋

一辈子

笑时，满天星
哭时，遍地花
走时，万紫千红相送

一生

如果一定要比喻
那就是——
蚕！

与鸟飞翔（五首）

家人

飞来瓦上
钟情的
不是那撮米，是这家人

一生

天空，驮在翼上
大地，系在心上
一生，离不开故乡

目光

一只鸟飞过
又一只鸟飞过
放远，我们的目光

命运

几滴清水，几粒草籽
足矣。却不得安生
心高，命苦

飞翔

远行的梦想
洒满辽阔的天空
真想，与鸟飞翔

燕山纪事

一

只有走进燕山
才知道，自己多矮

群山的一个褶皱里
站着一支水塔，静静地
撩起一些石头房顶的青烟

二

老兵走了，突然的安静
留下一些空缺
等新来的南北后生
填入新的好奇与生怯

年轮磨蚀青春
营盘安然无恙

三

山坳狭窄，太阳很短
幕布一个月挂起一次黄昏
新兵在场地上唱《打靶归来》
大喊再来一个要不要

晚风吹来，瓦尔特、列宁
或者董存瑞的影子
在黑白交换中摇摇晃晃
山月凝视一片遥远的沁凉

四

冀辽内蒙古交界处，北风凌厉
边境虎视眈眈
多么渴望一支枪，最好是冲锋枪

却给了我一架战斗机

接过手，那是多么沉甸甸的感觉

五

夜空是寂静的
群山也是
哨位也是

破晓时分，一只山鸡
在微微亮起来的岩壁上
大声地叫了起来

六

队长收到一封电报
又一封电报
父危催归

这一夜，他床前
掐了一地烟头

七

雪很大，地炉子熊熊燃烧
思念爬过烟囱
钻进梦里的巷口
母亲已在摆放年饭
门敞开着

八

我们自己挖菜窖
种蔬菜，喂鸡，掰玉米，套野兔
套着套着
附近村子的狗就少了
晚上真安静啊

九

那年大雪，茫茫山野
一行年轻的脚印
断断续续通向一个冰冻的谜语
他去哪里了呢

也许多年之后，春暖花开时
一个赶羊人
会笑盈盈地走来

十

不飞行的时候
白天集体学习，晚上各自写信
不过几年光景
有的发言口若悬河
有的书法了得
有的堪称情书高手
都是自学成才

十一

炊事班长复员那天
我们与他痛饮
他泪流满面，第一次
感觉难舍难分

是的，我们可以什么都没有
但不能没有一日三餐

十二

火车停在很远的地方
班车陈旧，驶过漫长的风雪
风硬如鞭，更硬的
是每天咬紧的牙关
无论离去和到来
对于年轻的理想来说，跳下车
都是新的开始

第五辑

最后的愿望

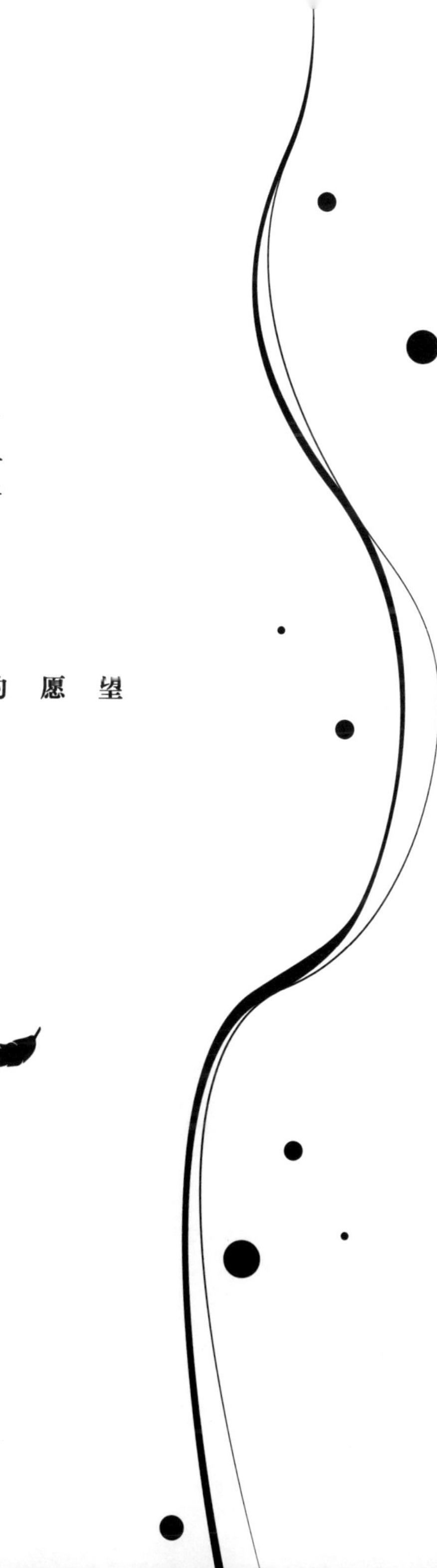

古寺暮色

还剩落叶
还剩我
站在石阶上，风声里
回望那扇空门

来的来，走的走
残烟飘散
蝉也不叫了

还剩那个端坐者
凝重的，忧郁的，无底的
眼神

破罐

谁愿意，就这么交出
用烈火换来的真身
谁愿意，离开了水和土
从此冰冷而破碎

当委屈不能求全，忍气不能吞声，下跪不能得饶
硬碰硬，大丈夫
不过是一摔

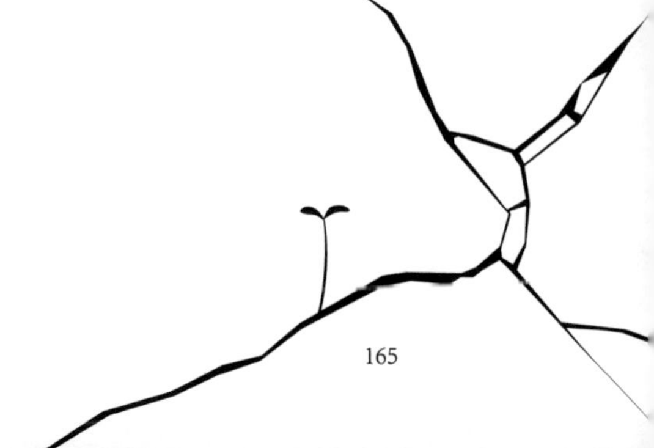

隔世

这里有一块墓地
石头和青草，陪几朵小花
开放在风里

这么安静，这么空荡
这么一无所有的干净
谁走过，都会看一眼
石头上的年龄

那个人不会说话，不会
问路。他走得太远
已经忘记回来了

命运

一只羊出生了
生在工厂、牧棚还是农舍
羊没有发言权
是被关进圈栏还是放入草场
是吃干燥无味的饲料
还是鲜嫩的青草
羊没有发言权
有一天被牵到市场上去
变成一挂白肉
或者被一把电刀一次次剃光
或者留下来繁殖后代
羊都没有发言权

一个壮汉提着一把刀
径直朝它走来
它认出了这个没娘的孩子
是吃它的奶长大的
但是，仍然没有发言权

仗义

我一贯出手谨慎
不轻易掏心窝子
也不轻易掏刀子
那都容易伤人
所以我朋友不多
我的敌人也不多
不干大事的人都这样
尽量避免惹是生非
也劝别人安分守己
总之我是一个仗义之人
谁对我笑一笑
我必还一赠一
这样笑容就会多一点
这样世界就好多了

夜空独白

这么辽阔的苍穹，离开之后
灵魂究竟会去往哪里
浩瀚的夜空里，一旦闪过
不会有一丝踪迹
从虚无中来的，消失在虚无中
揣着卑微与短暂，像一滴水
我遥望星空，长河，大地
那么孤独，微小，那么飘飘摇摇
但此刻，也许就是宇宙里的一秒钟
我听见了自己的呼吸
我能确确实实地证明，作为生命
现在搏动着年轻的心跳
站在晴朗的夜空里
如此真实，如此当仁不让

最后的愿望

现在我只做两件事：写诗和原谅一切
写诗是为了避免剩余的生命
陷入枯燥
原谅一切是为了最后原谅自己
就像解放全人类是为了解放自己
对我这种人的这种时候来说
继续活着和原谅过去
是唯一的退路
当然这有点自欺欺人的味道
但怎么说呢，你们知道的
通常人在最后的时刻
都有一些最后的愿望
哪怕只是想想，只是说说

秋夜，下雨了

深秋之夜，我在灯下
充满迷离的幻觉
雨声渐渐变大
像有人疾步走来
踏乱我的睡意
雨又慢慢变小
似乎谁在离我而去
留下一些未解的话语
听到最后一只虫，断断续续
在唱一支临行的歌
模糊了我的诗稿，摇动了
我单薄的灯影

浪费

白天劳动
晚上写诗
这样度过余生
也很欣慰

因此很勤奋
一天一天，白白地
扔掉这么多汗水
辜负这么多灯光

希望

太阳下山时，他也回家了
山很深，要走好几个小时
包括溜索和爬天梯
等滚石落过，以及
涨高的急流浅下去
但对一个老山人来说
早已司空见惯
今天只背一只空篓
回家。真的太幸福了
最后一个人，买光了
他今年最后几只番薯
想起来，那真是个好人
等溜索的时候，他看见
远处正在修一座大桥
大概是山下人说的高铁
他想再多种一些番薯
有一天去坐一次那种火车
在大山里溜一次
他被自己的想法吓了一跳
一个人笑了起来

看病

我毕恭毕敬，听医生讲话
很像一个囚徒等待宣判
希望虔诚能换来宽恕
其实衰老是一种归宿
迟早会轮到每个人头上
我没有决定权，心里发虚
但愿不要给我致命一击
不要来得太快，不那么糟
让我还有活下去的希望
起码不会马上就到头了
这样，我还可以写诗
还可以每天早晨跑步
给孩子改错别字
找理由喝一点酒
继续哄老婆开心
让她洗碗时高高兴兴的
在意医生的和颜悦色
有些含义却模糊不清
比如，一边看着化验单
一边对我说宽心的话——
没事的，该吃吃，该喝喝……

诗是羞怯的

这一年，又写了
一些诗
一些心里的声音
躲在电脑里
不敢露脸

就像我，一直怕
与生人见面

录取

录取书到的那天
一座山都听到了，喜鹊
饿着肚子的叫声
父亲在低矮处，站起身
用粗粝的手擦了擦眼睛
手指和胡子在日光下颤抖
一只薄薄的纸袋
像一根会飞的羽毛
惊醒了几辈人的梦想
通知很简单，很明确地宣告
有一个拼命读书的人
将从这里告别

明天出村，就下山了
谁也不知道路有多远
那个年轻的背影，一脚深
一脚浅地走出山谷
消失在全村人的目光里
很像当年，一去不返的荆轲

有人在割草

楼下传来割草的噪响
弥漫起生命被割断的气味
草没有发出声音
只是顺从地倒下
就像应该倒下一样
工人专心工作
谁也没觉得疼痛
只有机器在拼命地喊叫
好像痛的是它的刀片
而那些沉默不语的头，顷刻间
被杀得整整齐齐

淘了一堆诗集

早上醒来，想读读别人的诗
这时候在写什么
就在淘宝上点了诗集
许多，密密麻麻的过时货

往下拉，货色一闪而过
有个人叫于坚，我年轻时读过
依稀留下口语化的印象
就想看看这位仁兄的后话

可他的诗要和另一堆打包
一共十八本，那么多
我没听说过的书和名
颇感不悦，岂不是绑架吗

好在不贵，总价九十八元
领券购买，又减了五元
原来诗歌这么不值钱
包括大名鼎鼎的于坚

边吃早饭，边犯嘀咕
我数学不好，九十三除十八是多少
为了一本书多买了十七本
到底是划算还是不划算呢

此刻

一只瓷杯
盛我的酒
和我的
冲动

我醉时
就盛朦胧的月光
等我醒来

此刻
多么安静

斧柄说

一截木头
离开树林
变成称手的斧柄

刀刀木屑飞溅
同胞一个个倒下

木头说
那是铁，太狠了

静夜

河水流过
一席月光
落在泥地上
偶有空洞的犬吠

村子的窗开着
夜花默默开放
牛跪在草上
反刍夜的鼾声

流星无声滑过
有东西在慢慢长大
明天谁会回来
谁又远离家门

科幻

大水淹没了地球
天地重回混沌
只剩下我一个人
坐在房间里写诗
还缺一个主人公，这时
门铃响了

白云

没有，单调
多了，失调
三朵，两朵
刚好激活
苍穹的蓝

讲故事

一个讲故事的人，在石磨旁讲故事
麻雀站在树上，一场雪
落满了头顶
春天时，树和鸟都死了，村里说
都是听多了故事

烟囱黝黑，在暗处贯通
传说中的情节，比如死亡
其实没有缘由，再大的离别
只是活人的一声惊叫

石磨转动起来，谁会有罪呢
孩子们在冬天里长大
春天出门，学会喝酒，赌钱，去远方打工
许多人从此消失

经过许多年，讲故事的人说
那些故事，都是途中听说
或者来自一夜夜的荒梦——每到下雪
他都会爬出烟囱，随风散去

唯有故事，才能让他重回炉火
重新再活一遍

所有人都有一个专属的结局
如同某个故事，被一个情节套住
就很难挣脱
要把你讲活，或者讲死
其实很容易，也是命中注定

夜空（五首）

星星

太阳离家出走
月亮收养
一群爱眨眼睛的小家伙

月光

因静，而白
因白，而静
是给梦，铺的床

游云

悄悄起身
星夜兼程
去迎接远处的黎明

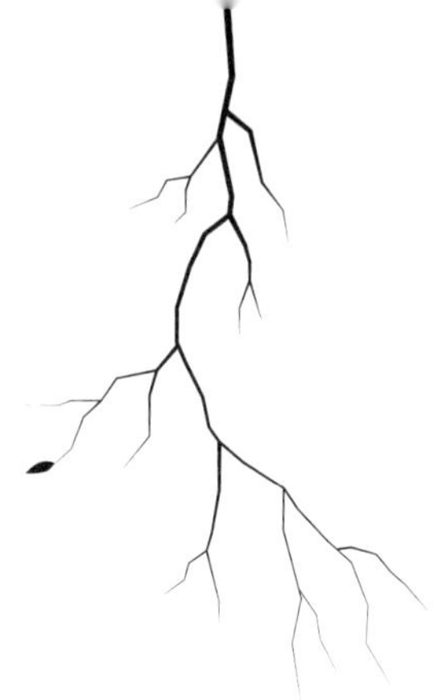

闪电

一剑刺苍穹
引
天河倒悬

雨声

雨大了吗
静听，檐下滴声
叩穿了黑夜

夜动（五首）

落叶

安静地离去，是
最好的告别
不想惊动睡梦人

睡莲

睡到星光阑珊时
一朵洁白的羞涩
开在浓密的黑暗里

虫鸣

用孤独的吟唱
增添夜的宁静
一声，比一声远

蚕梦

桑树老，月亮残
雪白的蚕娘，在夜深处
编织一场蝴蝶梦

萤火虫

献一粒豆火
为人间
举灯

夜语（六首）

夜露

夜的一滴晶莹泪
挂在新叶的腮边
滴落，对太阳的思念

夜读

黑字无声
涓涓话语
流淌在洁白的心里

夜书

铺一张白纸
撒几粒汉字
陪一支秃笔，坐夜

夜雨

枕一夜清雨
听檐下落珠
敲碎梦语

守月

一杯清茶，几缕幽烟
细数斑斑字迹
伴窗下蟋蟀，守月

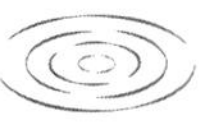

夜，随心漫延

微风斜来草香
心头泛起幽思
耳边几声，蛙和

龙井茶（五首）

一

一撮绿叶
一掬清水
两样好东西

二

采一段山风
柴锅上
煨出醉人的清香

三

要看一点颜色吗
绿意飘逸
一叶，一春风

四

青翠的梦想
在滚烫的情怀中
静静地敞开

五

沉重的灵魂
端起沉浮时
品味到另意人生

腊梅（六首）

战士

独守寒门
以花的名义，堪称
孤军战士

只有你

在回归故里的季节
只有你站在门口
顶风冒雪，等我

伴雪

俏然上枝头
一夜伴飞花
遍地白，雪也香

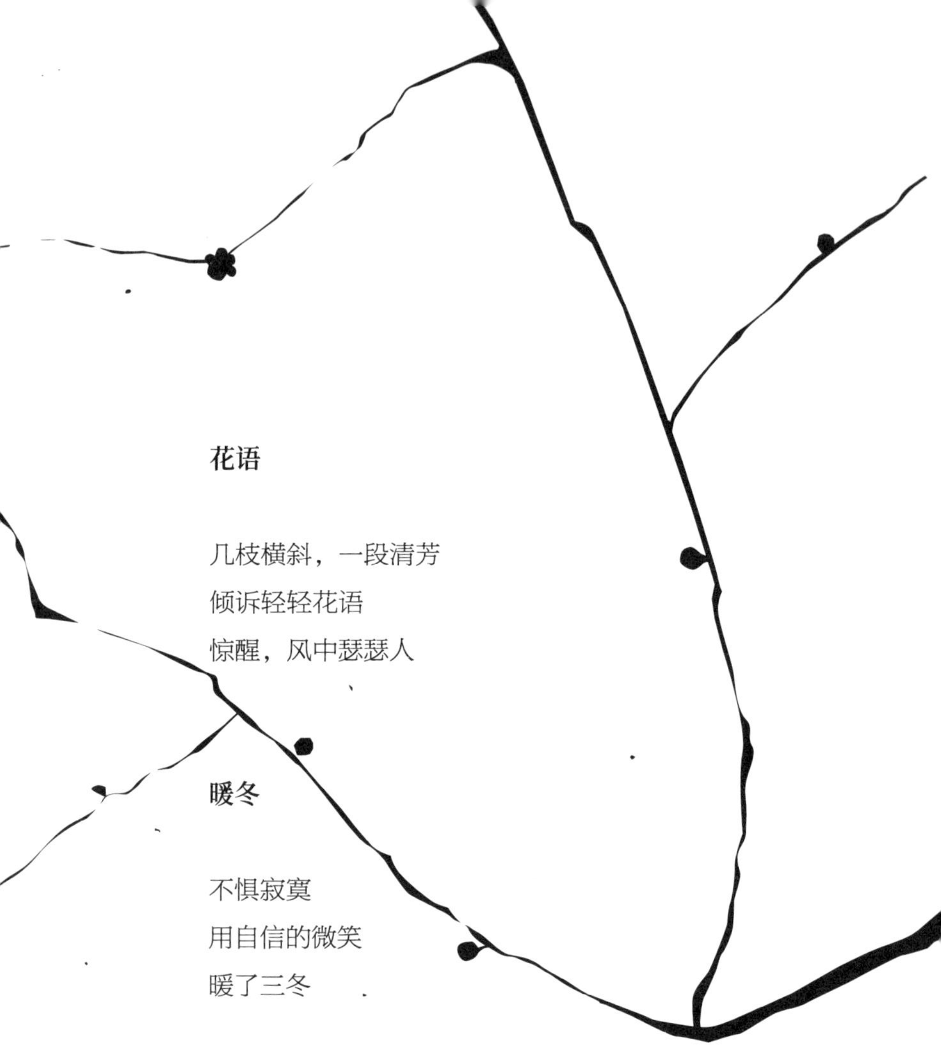

花语

几枝横斜，一段清芳
倾诉轻轻花语
惊醒，风中瑟瑟人

暖冬

不惧寂寞
用自信的微笑
暖了三冬

候春

花的心，无悔于
早来了一步
离春还有千里

山的故事（六首）

山峰

一道脊梁
坐着
就顶破了天

山林

给鸟筑巢
让风停歇
请太阳，乘凉

山村

炊烟和婴啼
是梦
是恋

山路

弯弯曲曲的汗水
洒满
高高低低的脚印

山泉

一曲汩汩清歌
穿透向往
流向人间

山客

带来远方的消息
换走山神的馈赠
留下日子的笑声

网上世界（四首）

聊

一对一的小天地
既是灵魂的慰所
也是谎言的温床

恋

失去了面对面的爱
你的心，怎能在
一根虚线上找回？

购

真正考验了一句名言——
没有诚意
就没有商业

晒

随心所欲一指头
比美献丑两件事
哈，都能获赞

四季（四首）

春

悄悄探出枝头
用青翠召唤
还在躲雨的阳光

夏

春，藏进一枚青果
绿肥红瘦间
蝉声已遍山野

秋

月色，探出窗口
细数蟋蟀的晚唱
三声，两声，一声……

冬

鸟在枝梢
叫了一天
树，还是没醒

大自然断想（九首）

树根

深深地扎入泥土
才能在一个早晨
高高地仰望天空

藤蔓

攀附的天性
爬了一辈子
也注定不能成材

种子

为了生命的昂扬
请，把我埋葬！

开花

花儿各有开法
图热闹的
不一定结果

陨石

出轨
必定坠落

浪花

海，故意地
在礁石上
摔了一跤

卵石

在岁月的长河中
一旦选择了圆滑
必定，失去棱角

盆景

重压下，不得不
放弃栋梁的梦想
用扭曲，迎合病态的目光

道路

因为踩踏而结实
因为曲折而延伸
于是，有了远方

丰碑（六首）

——有人倒下了，但精神永存

方志敏

为了可爱的中国
耗尽最后一滴心血
染红脚下的土地

张思德

用平凡的一生
告诉了我们
该，为谁服务

江姐

在胜利的阳光下
我们永远不会忘记
你的疼

黄继光

罪恶的枪口
在勇士的胸膛前
哑口无言

邱少云

为了消灭侵略者
甘愿，用这把火
照亮最后的冲锋

保尔·柯察金

战士的意志
在革命的烈火中
淬炼成钢

结束语

今天就写到这里
我要去睡了
等我醒来时
一切都会重新开始

如果你们读到了新的诗
说明我又回来了
还在大家的日子里

如果没醒呢
也许下一首诗有点长
千万不要叫我
否则会打乱我的思路

就这点事，拜托

第六辑

让行走富有

如果给我一片荒凉

如果给我一片荒凉，我是喜欢的。先开出一条河流，种下柳和桃，花和草；再养一群鹅，几只羊；钉一间木板房，准备一些煮茶的柴火。

我不怕寂寞，只要给我时光，我会一点一点，把荒芜谱写成葱郁的诗章。

然后，阳光明媚的时候，静静地欣赏，自己描绘的天堂。

早晨

清空身体里的夜色，整个人焕然一新。鸟鸣一粒一粒飞过，黎明一点一点转身。阳光撩开睫毛，映上一眼眼窗棂。

光明沁漫纯净的胸襟，金黄的暖意，倾泻全身。

我总在这时，梳理好一羽羽飞翔的翅翼，扑出门外，与新的一天撞个满怀。

在海边

我们几个人，来到海边，无所事事，挖沙子，捡贝壳，拍照片，在阳光下乱跑，嘻嘻哈哈掀起声响。

浪花羡慕死了，一次次爬上来，想加入我们。

时光就这么简单，这么慷慨，可以随意拿来，随意虚掷。

生日[1]

新的一年，伊始日，我出生在这一天。

多么伟大的诞辰，竟与世界同日生。庆贺吧，在欢度新年中，与所有人互祝生日快乐。

我焚香三支，双手合十，祈求神明护佑我这凡夫俗子。青烟绕房顶，上面住着我的祖先，照看着我的岁月。

1 我生日是 1 月 1 日，元旦。

一边走，一边爱

有星光，有晨露，岁月静好，草木葱茏。正适合上路。

崎岖或平坦，欢笑或悲哀，生命里的行走，经历的是风雨途中不期而遇的风景。一路时过境迁，不变的是心中的寻觅与守望。

固执地相信，世界这么大，总有一缕阳光在等我。于是怀揣着希望，一边走，一边爱。

水乡梦

水清，树静，月影悄悄地伏在船窗，听摇船人睡前的细语，如同水波般轻柔。

花无声地开了，几点倩影绰绰，几处暗香浮动，对岸传来几声婴啼，稀落隐约的犬吠。

米酒驱赶辛劳，夜渐深，那一波波沉静的水拍，轻摇一晃一晃的橹声。

随风而去

月色朦胧时，能看到自己。

童年的流水淌过石砾，搁浅在草滩上，那时也是这么无助地望着夜空。越走越远的日子里，渐渐习惯了命运的赠与，习惯了磨难，习惯了遥望远处的光亮。每天都在期待，前方有梦想中的风景。

挺好的，在清寂的月光里，让自己随风而去。

拥有今天

不断有人到来，有人离去，世界在生生灭灭中前行，距离终点既远又近。虽然我无法看见。

我能看见的是今天的阳光，阳光下的山和水，鸟和蝉，在这个夏日的正午，蓬勃地歌唱。我能证明我已出生，在这个世界上，有快乐和悲伤，这就够了。

我为拥有今天，拥有来之不易的生命，而由衷庆幸。

让行走富有

茫茫尘世，自踏上光影交错的阡陌，那一路山水的匆忙，再没有回过头。

相遇烟雨与斜阳，走进鹂声与芦花，是一段最静谧的时光。这时，你是宋词里的一粒青梅，或者唐诗中的一笺兰语。

只有这种相逢，才是远离了尘嚣的家园，使千山万水回归意义，让行走变得富有。

陪伴

园中一隅，一朵叫不出名字的花，突然开了。

一块大石头，守在花开的地方，已经很多年。一个艳，一个痴，这时，竟这么好看。

不知，是石头苦等花开；还是，花不忍心辜负沉默的石头，如此长久地陪伴。

不能分开

很久前的同一天，两棵同命相连的树，长起来了。

它们在争吵中和解！战斗后共生，直至根连着对方的根，枝穿过对方的枝，叶交换着对方的叶，再也分不出是谁的天，是谁的地，是谁的生命。以至有一方倒下，另一方也不能活。

很像，两个很久不说爱你的人，在漫长的日子里，谁也离不开谁。

需要一座山

走出一座山，又一座山之后，我们以为从此就有了平坦。难道我们真的可以告别山了吗？

就在今夜，我在平原的一座高楼上，突然感到缥缈的灵魂是那么空虚，那么乏力，那么缺少一种依靠。

此刻多么需要一座山，被它接纳，被它包涵，被它沉默的分量，稳住心头倾斜的天平。

告别

走了很久，我们依然不舍得扔掉那些梦想，那些笑声，那些点点滴滴的快乐。对于年轻的时光，此生永远充满留恋。

不经意地一回头，曾经绿意盎然的枝头，已随季节改变了容颜，等待黄昏的降临。

我们终将在感激中告别，微笑是我们唯一的赠与。

歌唱麦子

面对麦子的光芒，我放声歌唱，就像歌唱温暖的太阳。捧起麦子的慈祥，我深情地歌唱，就像歌唱生养我的故乡。抚摸麦子的蓬勃，我忧伤地歌唱，歌唱生命穿过了那么多黑暗，依然源远流长。

我在挥洒热泪的歌声里，沐浴麦子的风，淅沥麦子的雨，在一望无际的麦地里，和麦子翩翩起舞，一起奔向辽阔的阳光。

探春

放逐一次勇敢与好奇，打探万物复苏的密码，寻找柳暗花明的钮键。这次下定了决心。

慷慨赴一次探险，站在季节的断崖处，哪怕是万丈深渊，也要纵身一跃。

情愿粉身碎骨，也要一睹春暖花开。

立春

乍暖还寒的风儿，送走最后一场雪，呼唤一个新娘的倩影，站到春的门前。

风含情，花含笑，几声清脆的鸟啼，唤醒满山的青翠，荡漾一湖温暖的涟漪。

雪花转身回眸，留下深情的泪滴。

惊蛰

用生命原始的躁动，踏响一串由远而近的脚步，等待新生的哨响。

瞭望山峰起伏，河流开始启程，日出的方向，风云已绘成漫天旖旎。

田野深处，万物屏住了呼吸，所有的蛰伏，都是为了一声雷响后，奔放又一季万紫千红。

仲夏炎炎

烈日挥舞火鞭，拷问所有植物，你对季节的热爱，还能挺立多久？

正值中年，我已习惯了考验，我愿意陪站，让无悔的绿意，受难时多一个同盟。

一片宁死不屈的蓊蓊郁郁。只有蝉开口了，在别人的树荫里，拼命地招供。

冬之夜

月光的白，新雪的白，水仙花的白，映出有一盏灯的窗扉，露出静静的小韵脚，在一张白纸上一跳，一跳。

窗台上的每一片花瓣，都挂着洁白的心事。

隐匿心海多年的情思，探出头来，在几行文字中排队，落座，望着握笔人的眼睛。此时那人的心里，一片素洁。

给你

你开花时，我正路过，你不曾仔细看我，自顾在一番轻风细雨里，与芬芳缠绵。

风有相思，吹过耳旁，听见昨日的絮语，思念因此滑落。撒下的红豆，喷发的情热，染红了落日，惆怅了顿挫，撩动了谁与谁的心河？

那么，在最好的时节，你何时抬头看我？

请捡一片落叶

知道吗，当风吹过，就会有树叶飘落在山坡上、行道旁、庭院里，斑斓而又寂静。每片树叶都有一个故事，都有一段曾经的美丽，都会变成离去时，那一声轻轻的叹息。

在这个宣告离别的秋天里，我无尽的思念，就像片片优美的树叶，飘落在了地上。

你会捡起一片，放在手心里吗?

想写一封信

想给你写一封信，但不知如何表达心中的情意。爱情是一朵越开越大的花，当沉重到无法承受时，也许会折断，坠落，变成一个枯萎的梦想。

当一辈子只有一个梦想时，人是多么的孤单。

我想说，爱是一根刺，有人愿意在疼痛中，心甘情愿地等待。

余下的日子里

忘记时间已经过去了多久，我们已不再争论，不再生气，不再埋怨对方为什么不在。

我想起了雨后的黄昏，风停雨歇，彩虹宁静而迷人。迎着夕阳走过去，会有一片青翠的草场。

在余下的日子里，我们一起去牧羊，和安静的羊在一起，平静地享受阳光。

如果在北方相遇

如果假以时日，这片雪，会成就一幕相遇。不信？那就看这一串逶迤而来的雪上足印。

我会停下来，不管风雪有多大，都站在你面前，看清你眼里的渴望与惊异。

期待你一个欣然的笑容，将冰天雪地，鲜活成芳草萋萋。

扶住自己

走出门外，缭乱的街道，陌生的目光，高贵或者卑贱，热情或者淡漠，都各露锋芒。

到来与消失，交结与放弃，接近与远离，那些诡异的遭遇，对一个无能的人来说，如何能够自持。

面对风雨与颠沛，我无法不受伤，只能靠自己，扶住自己。

田野一刻

偶尔跟一只鸟，走进休耕的田野，看见一颗掉队的稻谷，独自晒着太阳。我和稻谷只是惊奇地站着，谁捡谁呢？

毕竟那只黑瘦的麻雀先到一步，毕竟，它一样有权利活着。我们彼此不敢惊扰，不敢靠前，虽然它和稻谷一样等了那么久。

我们常常在僵局中等待未来。

胡杨

如此伟岸的孤独，坚毅成为一支枯枪，刺穿大漠，挑落悬月，默守无边的岁月。

如此苍凉的倔强，河流隐退，驼声远去，只剩不死的信念，把荒凉站成思念。

我从温暖湿润的江南寻觅而来，站在夕阳下，凝视你千年的等待。

又见胡杨

有一种遥望，只会深沉，不会苍老。站在天空下，风卷尘寰，淹没多少寂寞经年。

伫立瀚海之侧，执手长河落日，回眸大漠孤烟，用不屈的坚贞，吟唱沧桑的浪漫。

又见胡杨。老干虬枝，奋书生命的绝笔，告诫我，珍惜生命的日子里，什么是清寒，什么是情远。

西岭雪

就因为诗圣的那一声吟唱，一座山岭的白雪，就永远矗立在了天下诗人的心中。

它是一种深情的瞭望，是一种高远的飘零，是一面画满孤独的屏风。更多时候，它是秋风意境里，一个千年的酣眠。

而那扇茅屋的窗，是残破的，寒风穿透了清凉的目光。

东吴船

一声鹂，一行鹭，一片青天映翠柳，心境悠远，魂系辽阔江天。

一卷诗，一支篙，一曲长歌吟悲凉，独倚门前，望断雨意江南。

一层浪，一阵风，一帆孤篷出高峡，老杜的船，何曾漂过东吴的水泊，停在摇曳的秋风里？

秋日独白

秋日的气息里，有暗香浮动，是桂子清淡的芬芳，在浮尘中飘散。

蓝天，白云，清风，越过季节的门槛，与我的清静重逢，不带一点烟尘。

其实，所有的成全，都是一个人的风轻云淡。只是，枉费了那么多曾经的付出，与纠结。

因为有爱

河流的脚步，逝水流年，似水的安详与匆忙，都在眼前穿越。

离去的是难舍的往事，是深情顾盼的眼神，是越走越远的背影。天使一路远去，只有爱还在。

因为有爱，生命才富有意义，才有如此美丽的模样。那些心念，那些向往，都在蹉跎的光阴里幡然醒悟，变成一生的坚韧。

一滴黄河水

一滴黄河水再加一条鱼，一粒粟，是我的生命。

一滴黄河水再加九道湾，九个月亮照耀的大地，是我的家园。

一滴黄河水加上我的生命，我的家园，是我洒满热泪的祖国。

父亲的后庄（十章）

一

父亲，我知道，你回去了，回到后庄归隐为一株稻子。站在一片青翠之中，再也找不到，但你就在那里。

你是从那里来的，有时黯淡，有时闪亮，有时听命于天地伏倒在一片蛙声中。这个清明节，我会提一壶酒去看你，与你共话桑麻。

然后一起等待一场大雨，等待一顶烈日，迎接粗壮。

二

你的爱是沉默的，父亲。

谁说你离去时没有留下痕迹，你留下了我。后庄可以作证，因为你是独一无二的，所以我绝无仅有。

你尝试用许多心血和汗水与一片稻田作交换，以期把我养大，你竟然成功了。为此我很惭愧，辛苦你了，父亲。

三

走出城北，不远处，就是后庄。

你的祖屋，你的桑园，你的稻田，你那几只门前的小雀。是的，这片悲喜交集的土地，是宁静而寂寂无名的后庄，万物自有光芒。既是蝼蚁的巢穴，也是神灵的道场。

既是你归去来兮的心念之地，也是一生一世的苍茫。

四

有时候，我看见了你忙碌的背影。像一棵摇曳的树。

在古老的村影下，田畈挨着田畈，烟囱挨着烟囱。我们一起收割稻子，一起喂蚕，把河水挑进家里，养活一群鸡鸭和一头土猪。后庄是我们自己的天堂。

我愿意你住在那里，你会永远活下去，日复一日，乐此不疲。

五

又到新年，父亲，我想你了。

想你讲过的后庄故事，你的祖父是爱喝酒的人，你的父亲也是。他们在后庄开枝散叶，流传耕读。我没见过他们，但一定是豪爽之人，亦酒亦歌的那种。鱼米之乡，也盛产酒徒吗？

好了，现在我们开始饮酒食肉，我不会被悲伤噎住。

六

父亲，你是我的帆，也是我的岸。

这时太湖烟波浩渺，又到了百舸争流、千帆竞发的时节，万物苏醒，繁花盛开，阳光降临大地。奶奶俯下身子，来到岸边汲水，洗好的衣服晾在竹竿上飘扬。

烟花三月，你去意已决，当然不会下扬州，你要去湖州，带着后庄的星空和米酒。

七

去后庄，与你对酌。

这是难得的一刻，你讲起了你的父亲。那是上个世代的人，在祖宗的土地上种田，是一把好手，却死于贫病交加。他没有熬到解放，不知道后来有一个走南闯北的孙子。

说着说着你就醉了，我也醉了，我们互相擦掉眼泪。

八

我去过后庄，跟着父辈的人下过田，每一脚都踩得很深。

田垄里开满了油菜花，田野燃烧着黄色的火焰。奶奶的木槿还在，也开花了，一茬接一茬，每一朵都很崇高，顶天立地在大平原上。太湖的水坦荡地流过，映照着天空。

我站在父亲的身后，静静地遥望生命的蓬勃。

九

父亲的后庄，我的后庄。我们只有后庄。

只有河水流过，只有木槿静开，只有菜花的金黄、蚕丝的洁白、桑葚酒的甜醉。只有一片寂静的月色，滑落瓦垄，涌进天井，漫过浅浅的梦境。

梦境里，风动竹梢，水摇莲枝，灯掩婴啼，门叩犬吠……

十

新的一天，迎接新的黎明，我要起身了。

拥挤的世间遍布匆忙的脚印，不需要眼泪，也不需要怜悯。但往前走，总归要有一处让灵魂安放。

我朝后庄点燃三支清香，飘升的神明，护佑凡俗子孙的肉身吧，在未知的行程中，这是我唯一可以下跪的地方。

作者简介

费一飞

浙江杭州人。曾任空军航空兵某部军训部门负责人，中校军衔。中国人民保险公司浙江省分公司国际部总经理，阳光财产保险浙江省分公司总经理，阳光人寿保险公司总裁，阳光财产保险公司总裁。中国诗歌学会会员，浙江省作家协会会员，文学作品散见于全国报刊、网络平台，出版诗集、散文集多部。

图书在版编目（CIP）数据

一边走，一边爱 / 费一飞著 . -- 杭州 : 浙江文艺出版社 ,2022.1

ISBN 978-7-5339-6215-9

Ⅰ . ① 一… Ⅱ . ① 费… Ⅲ . ① 诗集—中国—当代 Ⅳ . ① I227

中国版本图书馆 CIP 数据核字（2021）第 252343 号

策划统筹 邱建国　　责任印制 张丽敏
责任编辑 罗　艺　　装帧设计 象上设计
责任校对 陈　玲　　插图设计 韩涛波

一边走，一边爱

费一飞 著

出版发行 浙江文艺出版社
地　　址 杭州市体育场路 347 号
邮　　编 310006
电　　话 0571-85176953（总编办）
　　　　 0571-85152727（市场部）
制　　版 成都象上品牌设计有限公司
印　　刷 浙江新华数码印务有限公司
开　　本 889 毫米 ×1194 毫米 1/32
字　　数 175 千字
印　　张 7.625
插　　页 4
版　　次 2022 年 1 月第 1 版
印　　次 2022 年 1 月第 1 次印刷
书　　号 ISBN 978-7-5339-6215-9
定　　价 68.00 元